Conto

Título

Sabiá, Percevejo, Bacalhau, Ratão e Esculápia: Histórias, Memórias, Filosofias e Psicanálises.

Alberto Raimundo Francisco de Souza e outros...

Duarte, M. B.

2024.

Dados Internacionais de Catalogação na Publicação (CIP)
(Câmara Brasileira do Livro, SP, Brasil)

Duarte, M. B.
   Conto : sabiá, percevejo, bacalhau, ratão
e esculápia : histórias, memórias, filosofias
e psicanálises : Alberto Raimundo Francisco de
Souza e outros-- / M. B. Duarte. -- Niterói, RJ :
Ed. do Autor, 2024.

   ISBN 978-65-01-04803-1

   1. Contos brasileiros I. Título.

24-210586   CDD-B869.3

Índices para catálogo sistemático:

1. Contos : Literatura brasileira   B869.3

Tábata Alves da Silva - Bibliotecária - CRB-8/9253

Conto

Título

Sabiá, Percevejo, Bacalhau, Ratão e Esculápia: Histórias, Memórias, Filosofias e Psicanálises.

Alberto Raimundo Francisco de Souza e outros...

Duarte, M. B.

2024.

Sabiá, Percevejo, Bacalhau, Ratão e Esculápia: Histórias, Memórias, Filosofias e Psicanálises.

Sinopse:

'As portas da escuridão serão abertas.'

A vida, a Existência e o Viver são repletos de mistérios. Pessoas se encontram e se desencontram durante a jornada da vida, em seus caminhos e trajetórias. Sorrimos e choramos. Mas tudo faz parte do movimento e do fluir da Vida. Sabiá, Percevejo, Bacalhau e Ratão estavam em busca de algo perdido, talvez já encontrado e ainda não compreendido. Ambos com seus dilemas, conflitos, complexos e crises. Isso diante, com e nas relações sociais tão problemáticas e suas contradições. Entretanto, durante o encontro desses quatro sujeitos com uma estranha criatura, a Esculápia ou Asclépia, tanto faz, esse é o nome dela. Os quatro desconhecidos que estão a travar uma longa discussão, sobre muitos assuntos polêmicos da vida, bem como de si mesmos, irão fazer movimentos catárticos e de descobertas, o que os impactarão para sempre.

'Certamente, em algum dia, alguma vez e em algum momento, você também já se perguntou: o que eu tenho que fazer aqui? Qual é o meu propósito aqui? O que eu vim fazer nesse mundo? E às vezes não existe nenhuma resposta que queiras realmente ouvir, pois há de ser que, talvez, nenhuma seja a certa ou conclusiva.'

Sabiá, Percevejo, Bacalhau, Ratão e Esculápia: Histórias, Memórias, Filosofias e Psicanálises.

'Se ver através e por meio do outro, ou dos outros, são uma das qualidades mais raras que existem na espécie humana, porém, talvez poucos ainda a descobriram, e talvez menos ainda, a exerçam no seu cotidiano.'

'A vida e o viver, contém e estão repletos, talvez cheios de seus mistérios, mistérios revelados e outros ocultos, esperando apenas a serem descobertos e, tão logo, revelados a você.'

Sumário

Apresentação e Introdução

I. Sabia, Bacalhau e Percevejo

'*Se ver através e por meio do outro, ou dos outros, são uma das qualidades mais raras que existem na espécie humana, porém, talvez poucos ainda a descobriram, e talvez menos ainda, a exerçam no seu cotidiano.*'

Sabiá não é muito de conversar, fala pouco e não gosta de muitas piadas, às vezes ele é bastante ranzinza e até um pouco mal-humorado. Mas têm uma coisa que ele adora é gostar muito de tomar banho. O banho para ele é uma coisa e atitude que o deixa muito contente, isso porque ele sabe de seu péssimo mal cheiro e odor que o acompanha às vezes, que acontece caso ele não tome seus banhos regulares. Sim, é por isso que ele passou a gostar muito de água e de banhos. Já que para ele o banho tem certas relações com alívio, sensações de prazer, de conforto e paz de 'espírito.'

Mas não se engane com Sabiá, pois ele muda de temperamento e de comportamento assim como o tempo pode mudar de uma hora para outra. Além disso, ele pode estar com aquele ar cambiante, nostálgico e desanimador, bem como do nada mudar para um comportamento alegre, cordial e até mesmo cheio de entusiasmo e motivações, que quase sempre não sabemos o porquê. Talvez nunca saibamos os motivos e as causas reais.

Se é que há!?

Sabiá têm três irmãos e uma irmã, dois mais velhos do que ele, com diferenças de idade entre dois anos e meio a quatro anos. Sua irmã é a caçula entre eles, sendo dois anos mais nova que Sabiá.

Sendo assim, seus irmãos são: Pardal, o mais velho; coruja o outro irmão; em seguida vem Sabiá; e após sua irmã caçula, a Lunar.

Sabiá e seus irmãos enfrentaram muitas dificuldades na infância, passaram por muitos problemas, e ainda passam por certas dificuldades e necessidades para sobreviverem. Mas, eles não saem por aí contando essas coisas. Preferem ficar guardando até a luz brilhar, é o que pensa e diz Sabiá. Aprendeu isso com a mãe.

Sabiá já precisou revirar muitos lixos ou latas de lixo, isso para encontrar comida ou algum tipo de alimento para comer e sobreviver.

'Cada ser e espécie possui a sua própria história de vida, suas origens, percalços, obstáculos, limites e superações, e isso não torna ninguém melhor que o outro, nem pior, apenas que cada um é diferente e enfrenta suas lutas de modo diferente.'

Já Percevejo é falante, adora uma boa prosa, conversa pelos cotovelos, mas odeia banhos. Gosta de caminhar na praia e ouvir as gaivotas. Principalmente quando elas sobrevoam o mar e os barcos à procura de alimentos. Percevejo diz que gosta muito de correr riscos, porque para ele a vida é um instante, como uma fagulha de luz que vem e se apaga do nada, instantaneamente. Porém, Percevejo não parece ser muito confiável ou certo no que diz, uma vez que, hoje ele diz uma coisa, e amanhã pode dizer outra.

Talvez muitos sejam assim!

E com tudo isso, Percevejo é bastante complicado com relação a seus instintos, sentimentos e sensações, inclusive ele é um medroso descarado, que finge ter coragem apenas para impressionar as pessoas. É um medroso que só ele, e só ele sabe disso. Mas, apesar desses fatos, ele é um bom amigo, sempre têm boas ideais e suas caminhadas pela praia sempre são muito divertidas, empolgantes e cheias de surpresas. Quem o acompanha se diverte com ele e não perde o dia. Principalmente quando ele corre atrás das gaivotas que ficam pela areia da praia ciscando e se alimentando. Esse Percevejo não é fácil.

E ainda mais quando ele levanta questões como: 'A vida deve ter mais sentido do que imaginamos. Ou talvez não. Mas eu não acredito, diz Percevejo, que tudo gira em torno de um ciclo ou ciclos limitados em que, nascemos, comemos, bebemos, defecamos, dormimos; e se segue, comemos, comemos, comemos, bebemos, bebemos, bebemos, defecamos, defecamos, defecamos e dormimos, dormimos e dormimos; e com isso passam-se primavera, verão, outono e inverno; e continua, primavera, primavera, primavera, verão, verão, verão outono, outono, outono e inverno, inverno, inverno e inverno; logo, passam se dias, semanas, meses e anos; e assim prosseguem-se, dias, dias e dias, semanas, semanas, e semanas, meses, meses, meses e anos, anos e anos. E depois disso tudo, desse ciclo contínuo e constante, sendo imposto e sobre, bem como para ricos e pobres, feios e belos, homens e mulheres, adultos e crianças, jovens e velhos, seres de todas as línguas, culturas, etnias etc., e simplesmente morremos do nada, ou às vezes por algum motivo, causa, razão, circunstância ou consequência. Para mim, conclui Percevejo, tudo isso parece ou é muito fugaz, superficial, medíocre, simples, egoísta e ou, um vazio de ciclos monótonos. Ou talvez seja que, há algo muito mais importante e profundo para todos nós descobrirmos aqui, logo ao nascermos e existirmos. Mas há crianças ou bebês que morrem antes de nascer, durante o parto e ou às vezes com apenas dias, semanas, meses e poucos anos depois. Sem dar tempo talvez, de aprender nada. Ou talvez aprendam alguma coisa. Como até agora, eu mesmo não sei se aprendi alguma coisa ou absolutamente nada.'

Essas são apenas, algumas das viagens mentais, de pensamentos e abstrações que Percevejo faz.

Percevejo têm seis irmãos vivos, e dois irmãos mortos, total com ele eram nove irmãos, sendo seis homens e três mulheres.

O irmão mais velho de Percevejo morreu faz três anos, o besouro; uma de suas irmãs mais velha também faleceu, faz um ano e meio, a borboleta. A seguir vem outra de suas irmãs, porém está viva, um pouco doente, mas está ainda viva, a Joaninha; após ela vem um dos irmãos, formiga; a seguir vem Percevejo; depois a lavadeira; em seguida mariposa; minhoca e a irmã também caçula, vestal.

Percevejo também passou e passa por muitas dificuldades com seus irmãos. Todos eles começaram a trabalhar com apenas sete anos de idade, foi uma das causas e consequências que fizeram os dois irmãos de Percevejo morrerem ainda tão jovens, na flor da juventude, é a mesma causa que adoeceu joaninha e que também têm afetado a saúde de Percevejo. Mas, todos precisam sair para ganhar o pão de cada dia com muita luta, muita labuta, muito suor e muita força e guarra.

Percevejo anda com muitos problemas respiratórios, isso porque segundo ele, além da poluição das cidades que estão empesteando e enfestando o ar, bem como as fumaças dos carros, indústrias e outros. Ele foi fumante passivo durante muito tempo. E hoje colhe as consequências disso tudo.

'Tudo o que às vezes precisamos, é de um pouco de atenção, palavras sábias, sinceridade, respeito e empatia. O resto das coisas a gente vai conquistando durante as batalhas diárias da vida. Chorar também é parte do processo das lutas e vitórias.'

Bacalhau é mais isolado, mais introvertido e adora ficar sozinho andando pelas montanhas, subir em árvores e conversa somente o necessário, isso caso alguém puxe algum assunto com ele, caso contrário, ele nem fede e nem perfuma, fica apenas na dele. Ele também gosta muito de brincar com fogo e fazer suas fogueiras noturnas. Diz que tem medo do mar, isso porque ele não sabe nadar, então é melhor ficar em terra firme, uma vez que para ele o mar não tem cabelos para poder se agarrar. Para ele é melhor confiar na terra firme do que no mar.

É exatamente por isso que ele prefere ficar nas montanhas ou em lugares altos, já que para ele, o mar rodeia quase todo o mundo e a terra. Então, é melhor ficar em lugares alto, uma vez que as montanhas lhe trazem certa sensação de segurança, conforto e confiança.

Acho que muitos gostam de lugares altos. Talvez em vários sentidos, âmbitos e aspectos.

Bacalhau em geral é sempre um pouco pessimista em relação a muitas coisas. E já é observável que ele odeia correr riscos. Seu lema é: 'me deixem 'em paz!' E nos meus lugares altos, onde eu me sinta bem, e seguro.'

Bacalhau não possui irmãos. É filho único ou único filho, pois foi o único que sobreviveu depois de seus pais tentarem engravidar por três vezes, no qual os três fetos anteriores morreram antes de nascer, sendo Bacalhau a última tentativa e o que conseguiu vingar. Ou seja, o filho que conseguir sobreviver após a fecundação.

Ele carrega a estranha sensação de ausência dos irmãos, diz ele. Mas não sabe por que, isso foi depois que seus pais lhe contaram essas histórias, e que acabaram por o torná-lo muito encucado com tudo isso.

Bacalhau não precisou trabalhar tão cedo como Sabiá, Percevejo e seus irmãos. Entretanto, Bacalhau sempre foi curioso para aprender as coisas e se meter no meio de serviços que seus pais faziam. Com isso, bacalhau desenvolveu habilidades de fazer várias coisas no âmbito doméstico e fora dele, pois ao sair com seu pai também aprendia outras tarefas na rua e com outras pessoas: Um verdadeiro explorador de funções, talvez já um multifunções.

Entretanto, Bacalhau têm um sério problema crônico com alergias, alergias diversas por questões de sensibilidades e a quantidade de produtos químicos e perigosos, além de certos alimentos, bebidas etc.

'Ontem eu era uma pessoa, hoje sou outra, talvez amanhã eu serei uma nova, isso carregando um pouco da de cada uma das anteriores que já fui. Já que ninguém permanece o mesmo a vida toda... Nós às vezes nos enganamos, mas não somos em todo| tudo o que éramos ou fomos ontem, hoje somos novos, e amanhã, se estivermos lá, possivelmente, não seremos os mesmos de hoje. Porque tudo flui, inclusive nós, mesmo que não percebamos os pequenos detalhes de mudanças significativas.'

Sabiá, Percevejo e Bacalhau se encontraram por um acaso. Não se conheciam de lugar algum. Mas tinham muitas coisas em comum e incomum, como outros que andam por aí.

'No fim, parece que todos somos cobaias da vida, do existir e dos 'destinos ou acasos,' repletos de supostas e aparentes 'teofanias, epifanias e seus desencontros,' marcados para acontecerem sutilmente, nos cantos 'escondidos' da jornada da vida e de seus caminhos.'

'Cada um possui suas próprias contradições, antagonismos, problemas e dilemas pessoais.'

Sabiá, Percevejo, Bacalhau, Ratão e Esculápia: Histórias, Memórias, Filosofias e Psicanálises.

Os três se encontraram num dia qualquer, como qualquer outro, sem nada de anormal ou especial, enfim, apenas mais um dia quente, muito quente e calorento de verão como qualquer outro. E que dava a sensação de que o sol era como um tipo de maçarico particular sobre as cabeças individuais de cada um ser do planeta.

É foi assim que eles se encontraram e se conheceram. A princípio nenhum foi muito com a cara do outro. E eles parecem ser muito sinceros com relação aos seus sentimentos. Ambos! Olhavam um para a cara do outro com certo ar de desprezo, sem sal ou sem tempero.

Mas depois de algumas horas juntos no mesmo espaço e local e conversando sobre assuntos em comuns e incomuns, logo sentiram certa empatia uns pelos outros. E então, Sabiá, Percevejo e Bacalhau começaram a conversar e se tornaram bons amigos naquele exato momento.

Parece um pouco estranho, já que cada um têm uma personalidade diferente, estranha, gostos diferentes, pensamentos diferentes, atitudes e comportamentos diferentes, ideais e ideais diferentes, bem como temperamentos completamente diferentes.

Mas quem disse que a amizade é um ser igual ao outro, como que uma cópia do outro? A amizade é um relacionamento entre dois ou mais, e deve ser um relacionamento de e com respeito, tolerância e empatia mútua e dialógica, sempre em mão dupla. Nunca pode ser uma mão única ou como uma via de mão única.

Sabiá, Bacalhau e Percevejo, três amigos, cada um com suas qualidades, e talvez também cada um com os seus defeitos.

E quem não têm defeitos? As qualidades às vezes são difíceis de se verem ou de se perceberem. Entretanto, há casos em que não. Ou seja, em que isso não ocorre. Onde as qualidades já são percebíveis e perceptíveis.

Porém, há casos em quem os defeitos aparecem primeiro do que as qualidades, e há outras situações em que as qualidades sobressaem mais e em primeiro lugar, antes dos defeitos.

Qualidades e defeitos, todos temos, assim como Sabiá, Bacalhau e Percevejo. Sim, todos temos, não os mesmos, mas temos, talvez semelhantes ou não.

Mas todos temos, todos, sem exceção! Qualidades e defeitos, não idealize ninguém, não as ponha em pedestais e nem as idolatre. Cedo ou tarde qualidades e defeitos aparecem e entram em choques e em contradições entre elas, tanto entre as nossas próprias quanto com as dos outros que nos cercam.

Sabiá conta que se tornou órfão de mãe logo ao nascer, Percevejo chegou a conhecer o pai, mas o perdeu ou foi perdido por ele aos quatro anos de idade. Já Bacalhau teve uma vida de boas relações familiares, ainda tendo seu pai e sua mãe vivos.

O nome da mãe de Sabiá era dona Sonífera e de seu pai é seu Rivol; já o nome da mãe de Percevejo é dona Calma e de seu pai seu Zolam; e os de Bacalhau, seu Careca o seu pai e dona Tontura sua mãe.

Percevejo não se dá muito bem com sua mãe, o oposto de Bacalhau, que têm uma ótima amizade com a mãe. Enquanto Sabiá é um bom filho órfão de mãe, mas têm no pai um amigo e uma amizade conflituosa.

Percevejo, Sabiá e Bacalhau e suas relações familiares, estáveis e instáveis, que parecem que são bem complexas, isso conforme você vai conhecendo a cada um. Uma vez que eles não deixam transparecer muitas coisas, cada um com suas vivências, experiências e mistérios que são ocultos e às vezes sendo externalizados ou revelados aos seus modos de ser. Ou seja, cada um só permite ser revelado, exposto e externalizado aquilo que se quer ou permitem que os outros vejam.

Acho que muitos seres são assim. E ninguém é igual a ninguém!

Todos temos segredos, todos temos ocultações intencionais e conscientes. Talvez também segredos, mistérios e ocultações escondidas inconscientes.

Segredos e mistérios, conscientes e inconscientes. Talvez todos tenham e não saibam. Ou saibam e fingem não saber ou não querer saber.

Mas quem é onisciente para saber? Quem é juiz para julgar? Até porque os juízes também têm seus segredos, mistérios e ocultações escondidas conscientes e inconscientes. Eles também têm seus mistérios e segredos mais ocultos e escondidos, bem guardados a sete ou mil chaves. Mas na verdade não há juízes de ninguém, já que todos pertencem apenas a si mesmos, e mais ninguém.

Enfim, o nosso único juiz, árbitro e ao mesmo tempo advogado de acusação e de defesa é ou são a nossa própria consciência.

Bacalhau, Percevejo e Sabiá parecem não se darem muito bem com sua consciência e inconsciência. E quem se dá? Há alguns seres que nem as conhecem. Uma vez que podem fazer coisas espantosas, terríveis, medonhas, bizarras, esquisitas e surpreendentes a qualquer momento.

Inclusive Percevejo, Sabiá e Bacalhau. Assim como outros.

Sim, é o que parece! Já que todos procuram ao máximo ocultá-las. Suas consciências e inconscientes. Isso mesmo, inconscientes. Seja deles próprios quanto dos outros. Acho que todos no fim fazemos isso em certa medida, ou talvez não. Pois quem sabe em ambos os casos ocorram consequências boas e ruins, negativas e positivas? Causas e efeitos. Consciência e inconsciência, será que há controle sobre elas, estes, isso ou essas coisas?

Não sabemos exatamente.

Esses três amigos se encontraram em um dia qualquer, muito ensolarado, mas só foram se conhecer mesmo, de verdade, talvez durante a noite, ao menos parecia noite. Era já à tardinha ou a tarde, caindo para a noite, não dava para se ter exatidão, pois estava escurecendo, talvez fosse mesmo noite. O problema é que a noite não existe, assim como o dia. Eles são apenas percepções e invenções da espécie humana.

Já que se você apagar a luz do sol, não existe mais dia. E se você iluminar a lua para sempre se acabam as noites. Ou seja, se um deles desaparecer estamos perdidos...

O problema maior é se o sol se retirar, aí dana-se tudo. Ou até mesmo se colocar um outro planeta do tamanho da terra ou maior do que ela impedindo dela ver e sentir o sol, aí vai ser noite para sempre. Pois não haverá mais dia, dias e claridade para nós podermos ter referências e noções de dia, tarde e noite. Talvez seja apenas noite ou tarde para sempre, sem o sol.

E ainda têm um último problema, que é se a terra começar a girar mais rápido, aí tudo se lasca, pois sua velocidade vai fazer as horas diminuírem, e os relógios vão ficar malucos, doidos e descontrolados, talvez não vão servir muito ou terão que ser reajustados. Com as horas diminuindo, os dias também vão, talvez as semanas também, e isso pode afetar os meses e até o ano, deixando de ter 365 dias, e talvez tendo bem menos.

Mas... Não pensemos nisso não, pois se não a gente enche a cabeça de muita coisa, e ficamos confusos.

'Afinal, o sol, a lua e as estrelas estão ai não apenas para serem o que são, mas também para nos iluminarem com suas belezas e inspirações, pois todos esses nos cativam para admirá-los e ver a beleza que tanto ansiamos em nós mesmos, mas através deles e com eles. Então, apenas observe, aprecie e relaxe.'

Portanto, quem poderia dizer a diferença se era tarde ou noite no momento da amizade de Percevejo, Sabiá e Bacalhau, eram apenas o sol e a lua. Já que os três amigos não perceberam a transição exata do tempo entre dia, tarde e noite. Eles ficaram conversando por longas e longas horas. Talvez alguma coisa lhes tenha tirado ou lhes tirara à atenção e a concentração sobre o tempo e as horas. Quem nunca passou por isso? Que dia é hoje? Que horas são? Será que já é dia? Será que já escureceu?

Com isso, fica difícil de perguntar para eles, quando os mesmos se conheceram.

Já que se encontrar é uma coisa, conversar é outra e se conhecer uma outra coisa, e sendo isso difícil de se saber, por que o sol já se tinha ido embora, só dava para imaginar isso, ele saindo bem devagar e de costas, e partindo para trás da terra. Como alguém que se está partindo ou indo embora, e você apenas o vê de longe indo embora, e pelas costas do mesmo. Dava para imaginar apenas isso pelas janelas dos céus. Uma vez que as janelas da casa onde eles se encontravam, estavam fechadas, e não havia como saber se ainda era dia, tarde ou noite. O lugar só tinha lâmpadas!

Sendo assim, só dá para se imaginar que a lua chegou mansamente, como quem não queria nada e se fingindo de boba, não quis dizer as horas. Isso porque ela não sabe ver as horas, mas é ótima observadora, é astuta e inteligente, porém, não gosta de lembrar quando o sol se vai, já que ela fica sozinha e triste com sua ausência. Logo, ela apenas o observa de longe como quem não quer nada, e parece que ele faz o mesmo com ela. E eles não costumam se falar.

Se a terra sair do meio deles dois, o que será? O que ocorrerá? Dia para sempre ou noite para sempre?

Não sabemos o porquê vivem assim, o sol e a lua, nessa relação distante e sem assuntos entre si. Dois adultos que agem como dois grandes bebês.

Dois infantis, dois orgulhosos e cheios de caprichos. E quem arca com as consequências de não saber as horas exatas são os outros, como no caso de Sabiá, Percevejo e Bacalhau. O sol não dá e nem deu satisfação antes de ir embora, e a lua orgulhosa não anuncia ou anunciou a sua chegada nem a sua entrada.

Pobre Sabiá, Percevejo e Bacalhau! Esse sol e essa lua às vezes agem de forma inconsciente, talvez consciente.

Mas isso não importa, o que realmente importa são as consequências das atitudes deles dois.

Isso porque de uma hora para outra tudo está claro, e de repente tudo está escuro. E todo mundo têm que aturar essa relação com seus resultados, causas e efeitos que ninguém entende direito.

Ou seja, o sol e a lua estão sempre se desencontrando para não brigarem, para não se chocarem e causarem danos aos outros. Por isso preferem cada um seguir o seu próprio rumo e caminhos. Deixando apenas rastros de si no chão e na natureza como um todo.

Eles dois, o sol e a lua já perceberam que sua relação é conflituosa, complexa, complicada e podendo conter muitos problemas para ambos e para terceiros. Então, preferem apenas viver suas vidas conforme as condições de cada um.

E assim, quando um chega, o outro se vai e pronto. Talvez essa seja uma sabedoria universal!

Entretanto, querendo ou não, nós acabamos vítimas nessa e dessa discórdia toda. Acho que todas as discórdias geram vítimas diretas e indiretas.

O sol e a lua estão aí para nos ensinar, já que o dia e a noite são apenas impressões humanas e não realidades em si. Ou seja, o tempo, às horas, o dia e a noite são trocas de turnos entre a lua e o sol.

Ou talvez a terra se escondendo deles atrás de algum outro planeta. Ou de si mesma!? Se escondendo dela em giros, como um cachorro tentando apanhar ou morder a própria cauda.

O grande problema aqui é que dois bicudos não se beijam realmente, assim como dois grandes opostos não conseguem se combinar e se adequar.

Mas esses três amigos também são orgulhosos, vaidosos e cheios de caprichos, assim como a lua e o sol.

E quem, não é? Talvez todos sejamos um pouco infantis bem lá no fundo de nosso ser.

Às vezes nem precisa ir bem lá no fundo, poucas palavras e comportamentos já falam por si só. Às vezes a gente desiste de ser criança. Mas também desistimos de ser adulto.

'Certamente, em algum dia, alguma vez e em algum momento, você também já se perguntou: o que eu tenho que fazer aqui? Qual é o meu propósito aqui? O que eu vim fazer nesse mundo? E às vezes não existe nenhuma resposta que queiras realmente ouvir, pois há de ser que, talvez, nenhuma seja a certa ou conclusiva.'

II. Sabiá, Percevejo e Bacalhau: as questões da loucura e da morte

'Talvez o mais sensato seja permitir-se enlouquecer de vez com outros que pensam da mesma forma sobre isso. Até porque temos tão pouco tempo para vivermos, e ser são total e completamente lúcidos todos os dias, parece ser um pouco chato às vezes. Já que resta tão pouco tempo de vida, isso para o mínimo de loucuras e de se enlouquecer de vez, pois me surge a pergunta: por que temos tanto medo da loucura? Isso porque ela é outro mundo com outras realidades desconhecidas e fora dos padrões.'

'Há uma grande diferença entre ser uma pessoa sensível e ser melindrosa. O sensível apesar dos tombos e pancadas da vida, permanece intacto, já o melindroso se quebra com facilidade.'

Percevejo, Sabiá e Bacalhau parecem que se sentiam assim. Havia um conflito interno e externo, ocultado, escondido, um mistério assim como a discórdia entre o sol e a lua. A discussão era:

Sabiá, Percevejo, Bacalhau, Ratão e Esculápia: Histórias, Memórias, Filosofias e Psicanálises.

'Às vezes a gente desiste de procurar, buscar, compreender e de saber o porquê. __E aí, você já desistiu?' Pergunta Bacalhau falando com todos e com ninguém ao mesmo tempo.

'__Desistir às vezes pode nos enlouquecer, assim como não desistir também, quando se é para desistir, e não desistimos de algo. Isso também talvez possa nos enlouquecer,' Respondeu Percevejo um pouco confuso.

'__Ah, se eu tivesse desistido,' disse Sabiá num ímpeto com certa angústia e um pouco melancólico. '__Eu não penso assim,' exclamou Bacalhau! '__Se eu não sou assim como vocês, estão eu não sou normal,' indagou Percevejo, com um tom também de afirmativa preocupante. '__Eu não sou normal mesmo,' por fim exclamando, ele. '__Não sou mesmo,' dizia ele com certa preocupação no seu falar e no seu semblante.'

E Sabiá perguntava a Percevejo, por que dizia aquilo. Aquelas coisas sem sentidos aparentes.

Muitas coisas importantes são ditas sem sentidos aparentes, até mesmo aparentemente sem importâncias. Aparências não trazem sentidos às vezes, já outras vezes sim. Assim como a importância, que não se diz ser importante e nem aparente. Ela às vezes é misteriosa e tendo que ser decifrada. É isso, a importância de algo é um enigma a ser decifrado em cada um. Ela às vezes é dita que é importante, mas às vezes já pode ser tarde demais. Ela se coloca como um enigma a ser decifrada, a importância e os seres com suas importâncias aparentes ou não aparentes.

E então, Bacalhau lhe disse: '__e quem é normal? __E quem não é anormal? __Quem é, e o que é ser normal e anormal?'

Sabiá então resmungou sozinho e meio ranzinza, e disse: '__ora, acho então que eu enlouqueci a muito tempo, e talvez não soube, ou soubesse, é isso, pobre de mim, Sabiá.' E concluiu: '__é, ou talvez eu soubesse!'

'__Mas não vi, percebi ou notei isso, que já estivesse louco ou enlouquecido em algum momento,' dizia Sabiá lamentando alguma coisa que fez ou não fez, que ocorreu ou não ocorreu. Mas que o perturbou profundamente. Todos temos nossas perturbações que nos balançam!

Bacalhau meio assustado, arregalou os olhos e disse: '__Deus me livre disso, se eu enlouquecesse assim e sem saber, eu acho que morreria. Já pensou enlouquecer sem saber, e desistir ou não desistir, e também sem saber. E enlouquecer pelos dois motivos ou causas, por pura imprudência ou distração?'

Foi então que Percevejo fez uma revelação chocante, profunda, emocionante e impactante, no qual dizia: '__vocês sabiam que antigamente, bem antigamente mesmo, muito, mais muito antigamente, as pessoas consideradas loucas eram tidas como santas, profetas, especiais, videntes, divinas, mediadoras entre os humanos e os deuses, ou divindades, e até mesmo oráculos?'

Sabiá assustado respondeu que não sabia, e Bacalhau meio irônico e sarcástico disse, com uma certa indagação: '__é verdade isso, Percevejo?'

'__Eu soube que as pessoas tidas como loucas eram na verdade consideradas doentes, endemoniadas, possessas por espíritos malignos, perturbadas, agressivas, violentas e perigosas, mas isso não é tão antigamente assim, ou seja, não foi tanto tempo, mais tanto tempo assim não,' respondeu Bacalhau.

E continuou Percevejo. '__Sim, Bacalhau, é verdade! __E têm mais, elas eram tratadas muito bem, tinham boa comida, boa moradia e até mesmo eram respeitadas e apreciadas pelas outras pessoas. Você acredite se quiser.'

E Bacalhau com um ar meio surpreso, disse: '__pois é, que coisa estranha, já na época em que eu estou falando, digo dessas pessoas, na verdade elas eram tratadas o oposto disso que você falou, as pobres criaturas eram castigadas, não tinham onde morar, comiam mal e como animais, pois viviam presas e enjauladas como animais selvagens, apanhavam de diversas formas, modos e motivos, além de ficarem reclusas vivendo em meio as fezes e urinas em jaulas ou quartos preparados para elas. Muito Triste! Essas pessoas eram tratadas com formas e práticas que dá raiva, muita raiva, dá até um nó na garganta!' Assim se expressou Bacalhau.

Sabiá então também expressando certa indignação, disse: '__Mas que coisa horrível! __Como isso pode acontecer?'

E Percevejo respondeu: '__Sim, Sabiá, e é verdade Bacalhau, eu sei disso, sobre o que você falou. Eu também já ouvi sobre tudo isso, e é revoltante. __Que coisa, não?! Ainda mais quando se comparam como essas pessoas eram tratadas antigamente e nesses outros tempos e momentos que você disse, ou seja, os que você mencionou com os que eu falei. Nesses tempos aí que você disse é uma barbaridade,' concluiu Percevejo.

Sabiá mais indignado ainda, e vermelho de tanta raiva, resmungou: '__quem faz isso com elas é quem são os verdadeiros animais, selvagens e loucos.'

Bacalhau, exclamou: '__concordo plenamente com você, Sabiá! E eu estou com gastura só de ouvir, pensar e imaginar tudo isso que essas pobres criaturas passaram e viveram pelas mãos dos supostamente sãos e bons. Eu realmente não consigo imaginar o porquê de tudo isso acontecer.'

E percevejo, disse: '__eu também, penso da mesma forma, mas não terminei meu relato.'

Bacalhau e Sabiá disseram, '__então conclua, Percevejo!'

'__Bom, o fato é que essas coisas ainda acontecem ou já aconteceram não muito tempo. Algumas vezes eu fiz visitas em lugares que jogavam, trancavam e depositavam pessoas consideradas loucas.'

Sabiá e Bacalhau extremamente curiosos disseram, '__é verdade, é mesmo Percevejo? __Mas e aí, continue esse seu relato de experiencia que você passou com essa situação e fatos que estamos comentando...?! __O que você fazia lá ou como foi parar lá, você pode nos explicar isso melhor, Percevejo?' Assim indagaram Bacalhau e Sabiá a Percevejo.

'__Bem, eu tive alguns amigos que foram parar em lugares assim, e vezes ou outra eu os visitava. Mas acabei fazendo outros amigos lá dentro, homens e mulheres. Eles ficavam em quartos, corredores, varandas, salas e alguns aprisionados como em jaulas ou prisões com grades e portas de ferro trancadas e reclusas. Eu entrava lá dentro e conversava com muitos deles, e assim fui fazendo muitas amizades lá.'

'__Interessante isso, fazer amizades nestes locais, mas continue caro amigo,' disse Bacalhau.

Continuou Percevejo, '__Um certo dia, depois de algumas semanas visitando aquele lugar, eu levei uma viola e três amigos, e começamos tocar e a cantar algumas músicas, bater palmas, dançar e dar as mãos. Muitos deles, digo daquelas pessoas começaram a sorrir, a se alegrarem e até mesmo a chorarem. __Por que você está rindo aí, Bacalhau?'

'__Por nada, Percevejo! __Eu não estou rindo de você e nem deles, nem tão pouco zombando disso, jamais! Eu apenas imaginei você, percevejo, com uma viola, tocando, cantando, dançando e de mãos dadas com pessoas. Foi apenas isso, e como minha imaginação é fértil, eu comecei a rir aqui sozinho imaginando o percevejo com um violão cantando e tocando. Desculpe! Mas continue, não vou mais atrapalhar e nem irei mais rir. Prometo!' Afirmou constrangido, Bacalhau.

'Então, voltando ao assunto,' disse Percevejo um pouco chateado: '__houve um certo dia em que após todos que ali estavam no lugar mais isolado e trancado, estarem cantando, sorrindo e dançando, eu cantei uma pequena estrofe de uma música que ouvi quando bem pequeno, talvez quando bem criança, e que foi:' "__se algum dia na vida, você de mim precisar, saiba que sou teu amigo, pode comigo contar. O mundo dá muitas voltas, a gente vai se encontrar, quero nas voltas da vida, a tua mão apertar."[i]

'__E quando eu olhei para os rostos, muitos estavam chorando ou com suas lagrimas escorrendo como gotas de orvalho que escorrem das flores logo pela manhã, tanto pela sede delas quanto pela troca de sensibilidades e suavidades entre a noite, o orvalho e as flores sedentas e ardentes pelo orvalho doce da noite. E tão logo, eu também então chorei, e não conseguia imaginar o que iria acontecer com eles. E que talvez eu nunca mais os veria. E que aquela canção fosse uma inverdade. Já que eu não os veria. A situação ali era ruim e com perspectivas e possibilidades de piorarem. E como eu os iria encontrar? Isso para mim, era uma inverdade. Mas quando terminou o dia daquela visita, e estávamos prestes a ir embora, uma das internas veio até nós e disse: vocês trouxeram esperança para mim. Acho que para todos nós aqui!'

'__E assim passei a compreender que a canção não foi uma inverdade, mas um gesto de esperança, pois eu poderia não voltar mais lá ou vê-los, mas eles poderiam ter criado forças para saírem de lá, se recuperarem e serem livres novamente. E com isso nos abraçamos e choramos juntos. Já que ninguém quer morrer assim, numa situação dessas.'

A essa altura, Sabiá e Bacalhau estavam completamente emotivos e com lagrimas nos olhos também.

Assim, Percevejo terminou aquele relato de experiência.

'Realmente não há um ser que não viva sem carinho, o carinho transforma uma vida, várias vidas e talvez transforme até mesmo o mundo e o universo, mas não no sentido geográfico, mas o mundo e o universo que habita, vive e se move dentro de cada um. Um carinho por favor. Seja espontâneo e deixe fluir.'

E falando nisso, em morrer, Bacalhau têm muito medo de morrer, ele tem pavor de falar em morte. Talvez muitos tenham medo da morte. Bacalhau precisa acreditar que ele vai viver para sempre. Assim como muitos!

O que Percevejo como bom gozador, dá boas risadas disso tudo. Além de bom gozador dos outros, também é um bom realista, mas com certo tom idealista também. Entretanto, muito respeitoso em relação aos sentimentos e emoções dos outros.

Percevejo encara a vida como um hoje e um agora. Para ele o passado e o futuro não existem. São duas ilusões que prendem e fazem sofrer.

Isso porque o passado já se foi e não temos mais controle sobre ele, ele é uma ilusão perdida que ficamos por muito tempo presos a ele, e se ele nos maltrata e nos faz sofrer, precisamos descobrir o porquê; já o outro, o futuro, é outra ilusão que não chega, não vem, não existe, porque ainda não chegou de verdade. E também ficamos presos a ele e o esperando com grandes expectativas, e inclusive às vezes ele não vem ou não chega conforme esperamos e imaginamos, e isso nos causam grandes sofrimentos e infelicidades constantes. E isso é ruim.

Já Sabiá, não acredita na morte, para ele a morte e a vida são a mesma coisa, dois lados de uma só moeda, o do existir e de ser. Viemos e vivemos já com o carimbo da morte, assim como morremos com o carimbo da vida.

Desse modo, vida e morte, morte e vida são uma única coisa que fazem parte de quem existe nesse universo. Seja uma estrela, uma flor, um rio, um animal, um ser humano, uma ave, um cristal, um peixe, uma pedra, uma nuvem, um inseto e assim por diante. Tudo vem e vai, vai e vem...

Para Sábia tudo vai e vem, vem e vai. Todos nós convivemos com a morte logo ao nascer e ou existir, por esse simples ato de viver, já ganhamos a morte de presente junto. E se morrermos, de alguma forma nasceremos ou fazemos alguma outra coisa nascer ou renascer novamente e simultaneamente. Talvez os fungos, as bactérias e as larvas.

Há quem acredite que alimentamos flores ao morrer.

Ser adulto é um tedio mesmo, já que as crianças não pensam na morte e nem sabem o que é a morte.

São os adultos quem as corrompem em sua inocência sobre a morte, as fazem se preocupar com o que elas mesmas não sabem e nem acreditam.

Elas, as crianças apenas obedecem aos adultos e fingem em acreditar na morte. Mas elas não acreditam! É assim que Sabiá pensa e expõe suas ideias sobre a morte.

Os adultos quem criam mitos.

Percevejo pontuou dizendo que ser um adulto, é ser um completo e total ser resignado, sempre reprimido, sempre com medos diversos, se reprimindo a todo o momento, já que quando era criança não tinha medos, repressões e nem medo da morte.

Tudo era alegria, inocência, contentamento e diversão. Sem preocupações, medos, repressões, receios e temores como os da morte.

Bastou ser adulto para viver com medos e tristezas que não possuía na infância.

'É, talvez ser criança seja necessário. Mas também é importante ser adulto,' concluiu ele. 'Mas ser adulto é viver com e ter constantes medos e preocupações, enfatizou ele com amargura.'

'Cada vez que eu reflito sobre a morte, mas eu me entusiasmo com a beleza e trajeto tão curto da vida. Mas que através e por meio de minhas ações livres, gentis, generosas, empáticas e cordiais, talvez possam fazer uma vida curta valer e ser longa de sentidos, emoções, significados e lembranças eternas. Se não forem eternas, apenas para sempre ou o tempo maior do que a duração de uma única vida. Já que há feitos que são muito duradouros e atravessam gerações, talvez os seus serão um desses. Às vezes você já começou, só não se deu conta disso.'

'A Ética significa o seu fazer pelo outro e junto dele, da melhor forma possível, mesmo distante dele fisicamente.'

III. A grande árvore das memórias e o início da grande discussão

'Nunca é tarde demais para todas as coisas e em todos os casos, já que às vezes há coisas e casos que ainda restam alguma esperança e podem sofrer mudanças boas e positivas.'

Um dia Bacalhau, Sabiá e Percevejo saíram juntos para darem uma pequena volta ou passeio, e ao avistarem um bom local para descansarem, tão logo se sentaram debaixo de uma árvore bem alta, verdinha e com folhas úmidas que cheiravam a noite úmida e limão, parecia uma espécie de cheiro de limão ou folhas de limão com mistura de ar e terra úmida, e isso lhes trouxe boas lembranças, e eles gostaram disso, e ali ficaram, bem debaixo dela, daquela árvore das lembranças e das memórias, e bem ali ficaram um longo e bom tempo, ambos sentados sobre gravetos, folhas secas amareladas e verdes, todas caídas pelo chão completamente molhado pelas gotas do orvalho da noite

---

anterior. O nome da árvore era ilusão, uma espécie bem conhecida.

Sabiá, Bacalhau e Percevejo não queriam mais sair dali. Parecia que se transportaram por um portal mágico de um lugar para outro totalmente diferente e prazeroso. Isso quase que instantaneamente.

A grande árvore dos sonhos! Sim, assim era conhecida esta espécie de árvore.

Logo que começaram a conversar ali, naquele local, naquele lugar deserto, porém alegre pelos cantos dos pássaros, de uma brisa de vento suave e agradável, fresco e também úmido, Bacalhau puxou a conversa inicial, e começou a desabafar e se se lamentar pela e da vida.

Olhou para os céus e disse: '__vocês já viram isso!? __Vocês podem imaginar?!'

'__Um tigre não mata um tigre e nem come um tigre. Um tigre só mata outro tigre em raras exceções de disputas de territórios ou por um outro motivo. Mas isso é raro, às vezes até brigam, se ferem, mas não se matam uns aos outros. Caçam outros animais para comer, mas não felinos ou grandes felinos da mesma espécie. Às vezes brigam com espécie menores, e por serem grandes, acabam matando um fenilo menor, mas não para comê-los. Isso é raro. Portanto, tigres não se matam uns aos outros, nem muito menos comem uns aos outros. Eles escolhem o que vão comer e como vão comer, através e por meio da caça. Mas não matam tigre, não se matam uns aos outros ou se devoram. Isso ocorre com muitos outros animais carnívoros, até mesmo com aves.'

'__Como pode, eu digo, como pode a espécie humana se matarem uns aos outros por nada!?'

'__Tigres como outros animais brigam e em raros casos se matam, raros casos, por instinto e força desproporcional que aplicam. Eles não calculam a quantidade de força, apenas numa briga agem por instintos. Porém, é raro os casos em que se matam. Agora vocês me dizem: como pode, como pode a espécie humana que não age por instinto se matarem uns aos outros a todo o instante, a todo o momento e por questões tão banais?'

'__Os humanos dizem ter razão, racionalidade e serem mais inteligentes que os demais animais, mas como podem não dividirem a comida entre si, sua própria espécie, a água, os alimentos em geral, o habitar ou lugar de moradia, e por isso, acabam se matando a toda hora, a todo momento e todos os dias?! __Como isso pode!?'

'__Talvez não sejam tão racionais ou talvez sejam mais instintivos, até mesmo piores que os outros animais. Sim, talvez eles ajam também e bem mais por instintos.'

'__Estou começando a ficar convencido que os demais animais também têm ou possuem seus códigos de ética, talvez mais simples, objetivos, reais, praticados e sinceros do que os da espécie humana. Vejamos, um animal 'selvagem' ataca e mata por instinto, medo e fome, geralmente, raros casos sobre algum estresse, e não a sua espécie, em geral a outras espécies que são seu modo de sobreviver e para sobreviver. Já a espécie humana cria regras de ética, simples e complexas, escrevem e falam delas, mas se matam por motivos banais, a mesma espécie, só falta se devorarem, se matam por prazer, satisfação, soberbas, orgulhos, vaidades, altivez e também por medo ou para se protegerem. Porém, em geral matam uns aos outros mesmo com suas éticas, já que se matam simplesmente por se acharem uns melhores do que os outros, uns mais superiores do que os outros, mesmo todos sendo da mesma espécie.'

'__Seres humanos se matam exclusivamente pela sensação de ter poder, domínio e controle de uns sobre os outros. Vai entender!? Como pode isso? Como pode?! Os tigres não fazem isso, eles parecem ser mais éticos do que os seres humanos!'

'__Eu só acreditarei em antropomorfismos, teofanias e antropopatismos, quando ver a espécie humana se respeitar como dizem respeitarem os deuses, suas manifestações e suas mensagens,' enfatizou

Bacalhau em seu temperamento sanguíneo e beirando ao colérico. '__Eu vejo muitas verborragias, logocentrismos e puros grafocentrismos, mas fazer o bem mesmo, está difícil de se ver na prática,' concluiu ele.

'__Será que somos cobaias dos perversos!?' Exclamou colericamente com certo ar indagativo.

Percevejo muito atencioso, logo quis saber o porquê daquilo tudo, naquele momento e dia.

Sabiá dizia que Bacalhau talvez estivesse um pouco confuso, carente, melodramático e até histérico. Já que seus problemas não eram comparados aos dele, dos de Sabiá e nem tão pouco com os de Percevejo.

O que causou indignação em Bacalhau. E Bacalhau não gostou dessas afirmações e comparações, e tão logo os três começaram a discutir sobre muitas questões e assuntos, até mesmo sobre coisas sem sentidos naquele momento. Todos começaram a falar juntos e simultaneamente numa grande discussão repleta de palavras, palavras e mais palavras. Mas ninguém ouvia o outro e muito menos se compreendiam.

Ninguém queria escutar o outro. Ninguém queria compreender o outro. E só se compreende o outro, se escutar o outro e as suas razões.

Tudo estava sem sentido...!

Sim, coisas sem sentido! Às vezes as pessoas parecem falar e discutir sobre muitas coisas sem sentidos.

Mas que para elas há algum tipo de sentido. E para outros que as veem ou as ouvem, o sentido está em perceber e notar o sem sentido dos e nos outros.

Porque para estas, o sentido são as coisas terem sentido. Mesmo aquilo sem sentido passa a ter sentido para outros. O que não faz qualquer sentido.

Bacalhau pensa e pensava assim, e assim se posicionou na discussão sem sentido, mas que tinham sentidos para ambos os envolvidos nas demandas do debate. Ou melhor, da grande discussão!

Percevejo então disse que talvez todos eles estivessem sendo melodramáticos, talvez ambos estivessem carentes de alguma forma e por alguma coisa, bem como Sabiá tentar talvez transferir para Bacalhau, o que ele quem realmente sentia e vivia, como se projetasse nele, em Bacalhau, o que ele é quem sentia, o pobre Sabiá.

Sim, talvez não fosse apenas Bacalhau o pobre e sensível melodramático, carente e histérico. Talvez Sabiá também o seja ou fosse!

Como Percevejo era também um bom observador e cauteloso em agir, logo foi tratando de acabar com aquela discussão que não daria ou chegaria em lugar nenhum e tão pouco a conclusões absolutas sobre alguma coisa, já que ninguém falava nada com nada. Eram uma enxurrada verborrágica e logocêntrica!

O que eles queriam na verdade, era apenas desabafar uns com os outros. Falar, falar e falar. Mas não tinham ideia disso, e assim falavam, falavam, falavam e só falavam sem se entender absolutamente nada.

Muitos são assim, às vezes só querem falar, mas não sabem como, quando, onde, com quem e nem por onde começar. A vontade de falar, às vezes faz ter-se vontade de brigar, xingar e discutir. É o que parece.

Então, para resolver o problema iniciado e a discussão, Sabiá propôs que cada um começasse expondo suas lamentações, problemas e pontos de vistas das situações em que se encontravam, mas sem exageros.

Sabiá prometeu não fazer piadas e zombarias com os demais colegas e suas situações, pois compreendeu que faltou com respeito para com Bacalhau. E tão logo lhe pediu desculpas.

Percevejo sorriu com um certo ar irônico, sarcástico e maroto e concordou. Mas com cara de que ainda não acreditava que Sabiá iria cumprir sua recente promessa.

Bacalhau um pouco sensibilizado e fragilizado por alguma coisa oculta que o feria, concordou apenas com um balançar a cabeça meio que tristonho. Desculpou Sabiá e encarou Percevejo com aquele sorriso meio irônico.

Mesmo com certa tensão no ar e suspeita entre e de ambos, uns com os outros, ele, Bacalhau se colocou à disposição da ideia e proposta de Sabiá.

Enfim, ambos chegaram a um acordo e consenso sobre a ordem de falarem e o que falarem, bem como sobre como falarem.

Mas ninguém decidiu quem seria o primeiro, e tão logo começou novamente a discussão sem pé e sem cabeça. Além de falarem e falarem, cada um começou a querer se fazer ser ouvido melhor, e a discussão foi tomando forma de gritos, berros e de brigas. O que na verdade não era. Mas sim apenas três amigos tentando se comunicarem, se expressarem e se fazerem ser ouvido pelo outro. Isso às vezes acontece em brigas de casais. É bem parecido, mas não sei se dá para comparar o fim de ambos, deles aqui e das dos casais.

Era um falatório, uma discussão e com tantos disparates sem nexo novamente. Mas que tinham nexo para cada um deles. Que confusão!

Todos estavam muito ansiosos para falar, para ser o primeiro, para desabafar e relatarem suas questões uns aos outros e com os outros sobre seus incômodos e dilemas diários.

A dona árvore já estava exausta, entediada, irritada e cansada daquela gritaria e falatório. E imediatamente tampou os ouvidos com seus enormes galhos cheios de folhas e de flores. E com um olhar cínico, olhou para os céus como se quisesse dizer:' __meus Deus! O que é isso?!__Meus céus eternos, o que é isso?'

O problema é que o desejo dos três amigos falarem, não eram apenas dos problemas diários e de alguns dias, mas de suas vidas inteiras, e esse assunto iria demorar um bocado.

E talvez fosse isso que incomodou e angustiou a ambos, Bacalhau, Sabiá e Percevejo, o não ter tempo de falar tudo e de ser ouvido em tudo. Cada um queria defender o seu próprio tempo. A sua própria noção de tempo, aos seus próprios interesses, anseios e necessidades de falar, desabafar, expor e dizer, dizer e dizer...

Era quase que uma competição pela disputa do tempo de quem iria poder falar primeiro e de ser ouvido primeiro pelos demais. Uma necessidade de falar e de ser ouvido, inclusive a angústia com a questão do tempo. O tempo que passava e eles não percebiam...

Quantos não percebem o tempo perdido!?

Será que poderia ser somente isso? Digo a causa da discussão toda e sem sentido?!

Quando eles se deram conta, já era noite, o sol deu no pé e a lua mansamente chegou para espiar os três amigos 'doidos.' Doidos no sentido de estarem fora da razoabilidade natural e normal de se agir com o outro. E agora eram seis. Sim, exatamente isso, seis!

Quatro ficaram e ficavam ali, talvez cinco, mas dois dos seis, revezavam e iam embora, um ou outro sempre ia embora sem escutar todos os assuntos, seus detalhes e as suas razões. E que na verdade não se entendia absolutamente nada. Não havia detalhes para ouvir, os detalhes eram eles falando e discutindo sem parar.

Assim, eram os três amigos com mais uma convidada que foi imposta a estar no meio daquilo tudo, e outros dois que se revezavam indo e vindo, e nesse vai e vem, e nessa discussão toda, eles nem mesmo pararam para comer, beber e descansar, tamanha era a vontade deles em falarem e de serem ouvidos.

Talvez uma grande necessidade de Sabiá, Bacalhau e Percevejo. Falarem e serem ouvidos. E quantos talvez não possuam tais necessidades e não sabem ou não querem saber ou reconhecer?

'A vida e o viver, contém e estão repletos, talvez cheios de seus mistérios, mistérios revelados e outros ocultos, esperando apenas a serem descobertos, e tão logo, revelados a você.'

Passados uma noite e meia e um dia e meio, o tempo mudou, virou de uma hora para outra, o vento chegou forte e frio, trazendo chuva também fria, e a danada da conversa ou discussão já tinha oito, e entre os oito, dois sempre se revezavam, um indo e outro vindo, no qual se intercalavam naquela embromação toda, ora sete e outrora oito, não dava para ter muita certeza, porque as trocas de turnos eram sem que se pudessem dar conta ou se perceberem com exatidão quem ia ou ficava, isso para os três eufóricos amigos. Pobres amigos! Pobre e infeliz árvore. Felizes mesmo eram o sol e a lua que não se preocupavam com nada e com ninguém. Iam e vinham quando queriam.

E sem ninguém precisar chamar ou se imporem a eles. Já que eles são realmente livres!

O tempo já estava passando e eles, os três amigos nem se davam conta, as horas voaram com o sol e a lua como em uma dança e brincadeira com cavalos alados voadores, a chuva vai e a chuva vem, o vento assopra e assobia balançando os galhos secos e os altos coqueiros.

Dava para se sentir o cheiro da chuva entrando pelas narinas e o gosto do molhado e de suas misturas doces e salgadas nos lábios e paladares cansados da vida dura e laboriosa.

Como começou a chover uma chuva fria e fina, mas muito cortante e arrepiante, tão logo Bacalhau, Sabiá e Percevejo deram a correr e ainda tagarelando, para um abrigo maior do que a sombra e brisa da velha, grande e antiga árvore. A agora exausta árvore. A arvore das lembranças. Que ficou lá e novamente só. Sozinha como antes.

E logo os três amigos chegaram a um abrigo um pouco estranho, escuro e empoeirado, e ali se sentaram para continuar a discussão de quem começaria falando de si e sobre si primeiro. Como corriam e falavam ao mesmo tempo, ficaram mais cansados, e como ficaram cansados falando e correndo simultaneamente, logo, não tinham tanto folego para falarem como antes, e sim pausarem e descansarem.

Já não havia mais oito, nem sete, nem seis, nem cinco e nem quatro na conversa, mas sim apenas três novamente, até o momento de chegar um novo estranho no assunto, o Ratão.

'Muitos entram em nossos caminhos e em nossas estradas da vida, sem sabermos o porquê, vários são os que logo se vão delas, e poucos ou talvez apenas alguns, são os que permanecem neles e conosco. Sendo assim, toda chegada pode ser talvez bem-vinda, às vezes não, assim como também com certas despedidas e partidas.'

E Ratão é um novo ou outro peregrino em terras de estranhos e em estradas que não são dele, mas parece que agora fará parte, tanto ele delas, quanto elas dele. E assim é com a nossa vida, uns se vão e outros chegam.

'Às vezes uma coisa puxa outras, assim como uma coisa, às vezes, também levam a outras. Puxar, levar e trazer, eis um mistério.'

IV.   A chegada de Ratão, o quarto elemento

'Muitos são semelhantes, poucos são parecidos, e geralmente a maioria é simultaneamente composta por seus sujeitos diferentes e únicos em si, porém iguais em espécie.'

'Quando você erra, tão logo, muitos aparecem e te apontam, mas quando você acerta, são poucos os que surgem, e quase nenhum deles reconhecem os teus acertos, talvez apenas um ou outro.'

Ratão era carismático, divertido, autoconfiante e bastante comunicativo. Tinha uma qualidade nobre de ser atento e atencioso, generoso, com educação esmerada, polida e bastante cordial.

O nome do pai de Ratão era seu Mariola, e sua mãe dona Confusa. Ambos já falecidos.

Ratão teve cinco irmãos, todos mortos durante um assassinato que ocorrera em sua região. Apenas ele e mais uma irmã sobreviveram, mas ela desapareceu, se chamava Vaga. Ela se perdeu alguns anos depois dela e Ratão saírem em busca de sobreviverem e serem livres.

Infelizmente, Ratão também está com um problema de saúde, no qual o faz passar por maus bocados. Ratão sofre de sérios problemas cardíacos e de glaucoma, devido a muitas substâncias que lhe deram.

Este era órfão de pai e de mãe. Cresceu pelas ruas e teve que sobreviver sozinho, andando e convivendo em muitos lugares e ambientes difíceis. Porém, Sabiá, Bacalhau e Percevejo não sabiam nada sobre a vida de Ratão. Sobre absolutamente nada! Já que não o conheciam.

E Ratão também era um tanto misterioso, pois carregava um segredo muito angustiante, perturbador e que lhe marcara pelo resto da vida. Ratão viu um assassinato. Sim, isso mesmo! Certo dia quando voltava de uma festa, lá pelas tantas da madrugada, ele passou em uma rua deserta, e ali parou para descansar. Foi quando viu vários homens armados e uma jovem. Um deles se aproximou de Ratão e perguntou se ele tinha um isqueiro ou fogo. Ratão disse que não, pois não fumava. Um dos homens lhe disse, __está vendo essa jovem aí, ela vai morrer hoje, __e não há escapatória ou saída para ela. __Você está vendo como a vida é boa para ti, moço? Disse o homem para Ratão. Trêmulo, pasmo, pálido e achando que por estar no local errado e na hora errado, o homem lhe dissera aquele crime porque Ratão também iria morrer, isso porque estava ali e vira a vítima e os criminosos.

Entretanto, o homem apenas falou sobre o crime porque todos eles estavam bêbados e ou drogados. E não se importaram e ou se importavam, com a presença de Ratão naquele momento tão dramático e horrível. Ratão se fazendo de tolo, se aproximou deles e da vítima, puxou conversa e soube algumas informações sobre ela, a jovem. Ela se chamava Assediada, e com apenas 23 anos de idade já era mãe de uma criança, chamada Perdida.

Assediada contou a Ratão que saiu de casa cedo, era muito religiosa e presa, extremamente religiosa, então decidiu fugir e viver sua vida, mas, Assediada confiou em muitas pessoas que não deveria, se entregou a quem não pensava se entregar, e ao mergulhar numa vida totalmente sem regras, o oposto do outro extremo, da vida religiosa cheia de muitas e muitas regras, ela acabou engravidando de Perdida, agora uma criança já com 6 anos de idade. E que vivia sozinha com a mãe, Assediada.

Perdida ficava em casa com Assediada, passeavam juntas e viviam em um pequeno barraco, que Assediada alugou, para tentar dar uma vida sem extremismos para Perdida, sua filha com 6 anos de idade, e ela, Assediada com 23 anos. Assediada vivia sozinha com a filha Perdida, passavam certas dificuldades, porém, eram felizes juntas.

Após Assediada se meter em muitas confusões e com pessoas que não deveria, foi raptada, sequestrada e levada embora de casa para ser morta por seus algozes, ficando Perdida sozinha em casa e dormindo, sem ver ou perceber absolutamente nada do que acontecera.

Sendo assim, Assediada não teve tempo de se despedir, e após contar essa dramática história para Ratão, lhe pediu sutilmente para se possível encontrar a família dela e lhes avisar do ocorrido, mas que dissesse para sua filha, Perdida, que sua mãe foi fazer uma longa viagem, e que não poderia voltar tão cedo, e que Perdida ficasse com a vovó. Como Ratão cai em prantos ao falar sobre esse dramático, drástico, violento e brutal acontecimento, ele não consegue terminar de contar a história de Assediada e Perdida, os reais fatos que levaram àquela jovem mãe a tal situação, inclusive os detalhes do porquê do ocorrido e de tal brutalidade. Ratão chorando muito somente diz em lagrimas e gritos: '__ela tinha uma história, ela tinha uma vida, ela e sua filha! Assim como eu, assim como eu tenho, por que, por quê?'

E é difícil não se comover ouvindo Ratão e o vendo diante dessa dor e da história que ele não consegue contar sobre Assediada e Perdida.

Após Assediada entregar um bilhete a Ratão, enquanto os homens riam, bebiam, fumavam e se divertiam, ela de antemão agradeceu a ele, e pediu-lhe para prometer realizar o seu último pedido. Ratão concordou, e no dia seguinte procurou alguns necrotérios da região, onde encontrou Assediada morta com um tiro na cabeça. Disparado a queima roupa. O que fez Ratão entrar em choque, em desespero, em conflitos, medos, desesperos e tantos outros sentimentos que ele carrega e que o machucam até o presente momento. Ratão se sentiu covarde, incapaz, de mãos atadas e sem saber o que fazer naquele dia até o momento de seu encontro com Percevejo, Bacalhau e Sabiá.

Ratão chora muitos dias sozinho, continuamente, consecutivamente e constantemente. Ele grita, se esbofeteia, chora e se revolta consigo mesmo. Mas ele sabe que não têm culpa alguma. Não havia o que fazer, e nem tempo para fazer algo. Tudo foi muito rápido, confuso, dramático e perturbador. Mas Ratão conseguiu cumprir a sua promessa para Assediada, encontrou Perdida e lhe deu o bilhete da mãe, e que talvez Perdida deve ou tenha guardado para sempre. Ratão não ousou ler o bilhete, só disse que havia um desenho como um coração e uma flor feitos de caneta esferográfica. E é isso que o conforta quando se culpa ou se flagela por não ter feito mais nada. Mas é necessário tempo para ouvi-lo.

Diante de tudo isso, é comum ouvir e ver Ratão sempre chorando muito, e sempre dizendo em lagrimas e gritos: '__ela tinha uma história, ela tinha uma vida, ela e sua filha! __Assim como eu, assim como eu tenho, por que, por quê?' '__Assediadaaa! __Perdidaaa!' '__Ninguém quer me ouvir.'

E em prantos está sempre a dizer: '__Por que sentimos tanta tristeza e dor quando nos despedimos e partimos? Por que sofremos tanto com a partida? Por quê? Por quê? Por que sofremos tanto com isso?'

'__Eu fui conivente, fui sim... __Ninguém me espera mais... Ninguém me espera em nenhum lugar. Em lugar algum há alguém me esperando ou a minha espera.'

Esses são uns dos trágicos, dramáticos e perturbadores segredos que Ratão carrega consigo. E que o faz sofrer continuamente, pois ele sempre lembra de Assediada e de Perdida. Para ele não há como esquecer.

Mas Ratão não viu cenas como esta pela primeira vez, pois já passara e vira muitas outras situações e acontecimentos que marcaram e impactaram a sua vida e o seu modo de viver. Além dos problemas de saúde que agora ele tem e carrega consigo. Bem como o trágico e fatal acontecimento com todos os seus familiares.

Logo, Ratão não iria expor a sua vida, sua história e seus dilemas a três estranhos que acabara de encontrar em um lugar desconhecido, em um casebre inóspito, em situações e em condições críticas, problemáticas e complexas. Ratão era um insistente sobrevivente e um resistente as pancadas e rasteiras da vida. Um genuíno lutador e combatente em sobrevivência num mundo de tantos conflitos e problemas. Precisamos muito ouvi-lo. Sim, Ratão tem muitas coisas para nos dizer, mas precisamos conhecê-lo melhor e aos poucos.

Ratão já estava ali bem antes deles, dos três amigos chegarem, pois ele também fugia da forte chuva que caia, e como os três, os intrigantes três inesperados amigos, que se tornaram amigos inesperadamente, Ratão não os conhecia, e inclusive chegou lá primeiro do que eles, e ali também se tornou mais um ouvinte, e tão logo, mais um amigo deles, porém, não de imediato.

Um amigo que se fez escolher, um amigo que foi escolhido. Assim foi o caso de Ratão.

Nós escolhemos nossos amigos. Nós decidimos quem vão ser nossos amigos. Cada um de nós faz isso diariamente, continuamente, naturalmente, constantemente e espontaneamente. Ninguém nos impõe um amigo ou ser amigo, ninguém se impõe a ser amigo de outrem, e nós também não obrigamos ninguém ou os impusemos a serem nossos amigos. Amizades são escolhas livres, naturais e espontâneas. Cada um de nós faz isso, tais escolhas em suas livres vontades e decisões em e de liberdades de se deliberar sobre.

Amigos são escolhas. Há colegas e há amigos, mas só você descobre e os escolhem, tanto os amigos quanto os colegas, tanto quem vai ser um, quanto e quem vai ser outro, assim como eles fazem o mesmo com você ou conosco. Portanto, assim como nós escolhemos os outros, os outros também nos escolhem, ou não.

Amigo se faz em qualquer lugar, situação e momento. Mas a certeza de que se serão amigos leias, só o tempo dirá.

'Nunca permita que ninguém brinque com os teus sentimentos, pois os teus sentimentos são parte de você, são parte da tua vida e parte do teu tempo. E quando você deixa ou permite alguém brincar com os teus sentimentos, na verdade você também está deixando ou permitindo com que brinquem com a tua vida, sobretudo com um dos teus mais ricos tesouros, o teu tempo. E tempo é uma coisa, fato e acontecimento tão valioso e importante quanto a vida e os teus sentimentos, uma vez que, tempo perdido e desperdiçado são tempos que não voltam mais. Você não os recupera jamais. Saiba valorizar, aproveitar, viver e enriquecer o teu tempo com vida, muita vida, alegrias e com contentamentos. Até porque perder tempo é inevitável durante a vida, mas você se permitir e escolher com que outros brinquem com você, com a tua

---

vida, com o teu valioso e preciso tempo, é uma opção e escolha tua, e de mais ninguém. Aproveite a jornada da vida, aproveite o teu tempo e a cada minuto e momento dele, do teu rico tempo aqui.'

Ratão estava lá primeiro, e depois chegaram Sabiá, Bacalhau e Percevejo, mas isso não os impediu de se tornarem amigos também de Ratão.

Percevejo até olhou para Ratão um pouco desconfiado, isso é verdade, Sabiá o cumprimentou com gentileza e cordialidade, pois isso ocorreu mesmo.

Porém, Bacalhau foi um pouco antipático e apenas acenou com a mão, como um olá e um sorriso amarelo de desdém de Ratão.

Talvez um pouco distante e apático, mas era normal e como é em qualquer situação. Já que não existe normal e anormal, tudo são situações e contextos relativos que nos fazem agir e reagir, isso a uma causa ou ação interior ou exterior. Era assim que pensava Sabiá, prático e pragmático.

Desse modo, Ratão apenas sorriu para os três e ficou calado, até que todos eles o convidassem para a conversa.

O problema era que ainda não se tinham uma conversa real, não se tinham um início de uma conversa, mas apenas como seria a ordem da conversa. E essa gerou uma discussão que já havia sido gerada por outras questões. Ou seja, não havia o início de uma conversa, mas uma discussão generalizada e sem ordenamento entre os três amigos. Eles até propuseram uma ordem e organização da e na conversa, mas tão logo se iniciava, todos falavam ao mesmo tempo e a discussão recomeçava.

Com isso, naquele momento e diante de Ratão, ninguém ousou falar para não dar início a novas discussões e na frente do desconhecido, o novo amigo.

A chuva caia lá fora, o local em que eles estavam era um pouco frio e foi ficando úmido pelas goteiras da chuva e pelas fagulhas finas de vento que adentravam pelas frestas das portas, janelas e telhados. Dava para ouvir o assobio do vento como chamando a chuva para dançar e as arvores se remexerem como bailarinas nos céus escuros e nebulosos daquele cenário e momento.

Com a postura desconcertante de Ratão diante do silencio deles, os três amigos ficaram tão envergonhados, encabulados e constrangidos em falar, e falarem todos juntos ao mesmo tempo, e assim começando um novo conglomerado de verborragias aleatórias, que acabaram ficando mais mudos ainda aos olhos arregalados uns para os outros, e diante e na frente de Ratão. Este também envergonhado e sem entender o que estava acontecendo ou o que se passava. Inclusive se foi a presença dele quem os constrangeu.

É evidente que Ratão pensou que tinha algum problema com ele ou que ele causou alguma má impressão em Sabiá, Bacalhau e Percevejo, que nada diziam em palavras, mas apenas de olhos arregalados uns para os outros e com as mãos se comunicavam, o que deixou Ratão encabulado e sem saber o que fazer, a não ser ficar bem quietinho e calado também. Até porque tinha medo de falar alguma coisa mais desconcertante para eles ou talvez deles.

Então ficaram todos gritando através e por meio do silencio e de gestos confusos e um pouco desconcertantes, já que não diziam muita coisa como as palavras têm o poder de dizer, desdizer e de ocultar.

Gestos, são gestos! Palavras sim, são poderosas, terapêuticas, desconcertantes, incomodas, violentas, acalmadoras, alimentos e produtos para diversas ocasiões e momentos. Palavras são muitas coisas e podem fazer muitas coisas.

Sim, palavras têm poder! Gestos são complementos ou auxiliares das palavras. Gestos até podem falar muito em certos casos, momentos e ocasiões, mas geralmente falam pouco. Há sim, casos em que os gestos também podem falar muito, talvez mais do que palavras, mas na verdade, gestos e palavras se complementam.

Portanto, as palavras podem falar muito o tempo todo, e em raras vezes, não falar absolutamente nada, tanto para quem as fala quanto para quem as escuta ou ouvem-nas.

Palavras também, podem conter silêncios.

Sim, há silencio em palavras...

Mas também há palavras em silêncios.

Sendo assim, agora já não eram mais apenas três, e sim agora eram quatro.

Talvez cinco, ou seis ou sete, mas três ficaram do lado de fora, pois não podiam entrar, porque Sabiá, Bacalhau e Percevejo fecharam a porta do local e as janelas.

O que deixou Ratão muito assustado, talvez até mesmo um pouco assombrado com os três amigos esquisitos ou esquisitos amigos e suas esquisitices, e que ele, Ratão com certa cautela e receio tentava os compreenderem de o porquê eram ou serem assim, daquele modo estranho, calados e falando por sinais, como mudos, mas mudos eles não eram, porque ambos o cumprimentaram na chegada ali naquele lugar, um galpão empoeirado e escuro. Que também lhes traziam muitas lembranças. E agora também para Ratão! Já que aquelas relações sociais e presenciais naquelas circunstâncias e contextos, fazia com que cada um tivesse reações e lembranças diferentes sobre suas vidas e histórias.

A chuva caia mais forte lá fora, e com a força também do vento, a lua deu no pé e deixou o sol vir resolver o problema. Aquela pobre árvore voltou a ficar sozinha no seu lugar solitário, talvez triste, nostálgico, porém, no seu doce silencio longe de três sujeitinhos esquisitos, encrenqueiros e falantes a tal ponto, que brigavam e discutiam sem deixar ninguém falar, nem entre eles mesmos e nem quem quisesse entrar na conversa.

Até mesmo a velha arvore se sentiu rejeitada, excluída e sem importância diante dos três amigos grandes ansiosos por falarem e serem ouvidos.

Talvez muitos de nossos problemas estejam em não falar e em não ser ouvido. Talvez! É, parece isso, talvez seja. Ou às vezes os problemas surgem também por falarmos demais...

Ratão atônito com aquilo tudo, sobretudo com aquele silencio ensurdecedor, quebrou o gelo e puxou conversa. Sabiá mais uma vez irônico, apenas sorriu e olhou para o chão, enquanto Bacalhau meio resmungão fingiu não ouvir Ratão, já Percevejo bateu o pé no chão e acenou para os outros, já que o puxar de conversa por parte de Ratão, o deixou um tanto nervoso, talvez louco de surpresa, pois fui uma atitude sem este esperar, e assim os três amigos danaram a falar junto novamente, só que agora com Ratão no meio deles. Já que foi Ratão quem puxou a conversa e começou a falar, e eles também como queriam muito falar e serem ouvidos, pronto, o fuzuê começou novamente, e com um quarto integrante, Ratão.

A danada da conversa não acontecia, não fluía e não se realizava de modo algum, uma vez que, Sabiá, Bacalhau, Percevejo e agora Ratão, não deixavam a conversa acontecer naturalmente, racionalmente, razoavelmente e educadamente.

E é claro e evidente que o novato ou novo integrante, o Ratão, não entendia nada, não entendeu nada e pensou que ele fosse talvez o problema daquela baderna verborrágica e tagarelice sem sentido, sem nexo e sem uma única coisa que se pudesse colocar para pensar e refletir, pois os três amigos fizeram uma espécie de babel mono, tri, logocêntrica.

Sim, uma enxurrada verborrágica e logocêntrica atrelada a individualismos e egocentrismos bastante ocultos, mas que estavam sendo colocados para fora sutilmente e numa fluidez admirável, talvez espantosa e muito reveladora sobre Sabiá, Bacalhau e Percevejo, inclusive sobre e do próprio Ratão.

Nesse momento, Bacalhau começou a sentir um cheiro forte, um mau cheiro, e que vinha de Sabiá, já que não tomava banho há mais de dois dias.

E com isso, Bacalhau não gostando daquele cheiro que o impregnava as narinas, começou também a entrar em desespero, pois entrava água da chuva por debaixo da porta do local, e a água correndo adentro, o fazia lembrar de água do mar e do mar, bem como de seus perigos e seus medos do mar.

No entanto, Bacalhau não quis falar com Sabiá sobre seu odor que empesteava o local, isso para não o constranger, ofender ou o magoar, bem como, sua atenção estava voltada agora também a sua fobia de água e de mar, a de Bacalhau.

Enquanto isso, Percevejo estava a falar sozinho como a um desvairado, sorria e dançava rodopiando ao redor e em volta de cada um dos amigos, inclusive de Ratão, e dizia em voz alta e um pouco rouca: __todos gostam de fofoca, todos gostam de uma boa fofoca, todos gostam de saber de coisas que instigam as suas curiosidades. __Sim, muitos adoram fofocas, e saberem uns da vida dos outros!

Ratão, muito preocupado com todo aquele cenário e eventos estranhos, inclusive com seus novos estranhos amigos que acabara de conhecer e ganhar, bem como com a forte chuva que não parava de cair, olhou para cada um deles e também estranhamente começou a gritar, gritar e a gargalhar como se estivesse entrando em alguma espécie de crise, pânico, histeria ou surto psicótico.

Ratão era um pouco obsessivo com mania de limpeza, altamente perfeccionista e com tendencias exageradas a assepsia pessoal, quase que como algum tipo de Transtorno obsessivo compulsivo em extremo, um 'TOC' em grau muito elevado e problemático.

Mas tudo parecia estar sob controle. Mas não sob o controle deles, mas sim de suas emoções, ações, sentimentos e comportamentos, que pareciam expressar, demonstrar e expor em abundancias, muitas repressões e opressões oriundas de muito tempo, talvez de boa parte de suas vidas. Às vezes nada em nossas vidas está sob controle. Há algumas coisas que sim, já outras não...

'Nem tudo está no nosso controle. Há situações, fatos e acontecimentos que simplesmente acontecem. Portanto, não se culpe por aquilo que você nunca teve ou tem controle.'

Ouse sempre tentar!

V. Asclépia ou Esculápia, tanto faz, o importante é tentar ajudar a curar

'Muitas pessoas não trilham o seu próprio caminho e ou os seus próprios caminhos, mas vivem em função e na dependência de apenas trilharem os caminhos dos outros, ou seja, andam apenas sobre as pisadas de outras pessoas, feitas por elas e determinadas por elas. Logo, aquelas que não trilham seus próprios caminhos, apenas andam e caminham sobre as trilhas de outrem. É necessário sair dos trilhos dos outros e construir os próprios trilhos.'

Foi quando que sorrateiramente entre a água que entrava por debaixo da porta, também entrou sutilmente uma serpente, suas cores eram uma mistura de verde e vermelho vivo, branco e cinza, no qual seus olhos pareciam grandes lupas. Sua pele era lisa, brilhosa e perfumada. O seu cheiro perfumado e encantador se sentia de longe. Seu falar era suave, devagar e hipnotizante. Ela fixou seu olhar em Ratão, depois em Sabiá, em seguida em Percevejo e por último em Bacalhau. E deu dois espirros, __atim, atim! E um pouco tímida, ficou vermelha de rubor, se encolheu, se enrolou e ficou quietinha olhando para cada um deles.

Os quatro amigos pararam surpresos com aquela figura, sua presença e reação naquele exato momento. Ratão olhou para Sabiá, que olhou para Bacalhau, que olhou para Percevejo que olhou para Ratão e todos olharam para a serpente.

Espantados com ela e temerosos com a mesma naquele local, logo planejaram fazer alguma coisa ou tentarem escapar dali o quanto antes.

O problema era que a chuva e o vento traziam muitos sentimentos e sentidos para suas vidas, muitos símbolos e significados. Principalmente para Bacalhau.

A serpente percebendo que eles se moviam de modo astuto e tramando alguma coisa, logo os interrompeu e disse: '__calma, não tenham medo! Eu não vou lhes fazer mal. __Não se preocupem! Eu sou sempre grata a todos que passam pela minha vida, que entram pelas portas da minha existência, afinal, a gente sempre aprende alguma coisa com quem chega quanto com quem se vai. __Meus caminhos estão abertos para vocês, só espero que os caminhos de vocês também estejam abertos para mim,' disse ela sorridente para eles.

__Meu nome é Esculápia, alguns também me chamam de Asclépia, e estou aqui para ouvi-los, escutar vocês falarem. __Eu estava entre a mata, antes da chuva cair e observei vocês três aí discutindo e sem consenso algum. Quando começou a chover eu me abriguei numa toca, mas a água da chuva tomou conta de tudo, e eu também tive que fugir, isso para não me afogar ou ser levada pela chuva sei lá para onde. Mas não se preocupem com o meu nome ou sobrenome, isso não importa, e tanto faz um como outro, o importante para mim é tentar ajudar e curar os outros, faz parte da minha controversa e polêmica dialética de ser e viver. Aparentemente contraditória.

__Mas enfim, daí, vi a luz acesa aqui, ouvi vozes e pensei: bem, vou ficar ali juntamente com aqueles faladores. Já que eu gosto de ouvir e às vezes ajudar a alguém, claro, isso depende muito e é relativo ao meu dia e humor. Porém, hoje meus instintos dizem que é para ouvir e ajudar, e talvez auxiliar, no que der e no que puder.

Esculápia ou Asclépia, tanto faz, mora sozinha com dois irmãos, um mais velho, Devaneio e o caçula Divã, os três irmãos foram abandonados logo ao nascer, não se sabe até hoje o porquê de seus pais os abandonarem em um orfanato pequeno da cidade em que eles moravam, mas bem distante do bairro. Devaneio e Divã protegem com grande carinho a Esculápia, porém, não são mandões, invasivos e opressores a tal ponto de quererem invadir a vida de Asclépia, uma vez que ela já tem um longo compromisso com uma pessoa que ela tem certa paixão, seu nome é Fármaco, que está sempre que pode, se colocando à disposição e como sujeito atencioso a e para Esculápia. Até o momento ambos tem feito um par e casal perfeito, já que cada um possui sua vida, independência, casa e espaço, mesmo estando enamorados, apaixonados e comprometidos um com o outro. Porém, ambos são livres. Não é bem um relacionamento aberto, mas cada qual (cada um) fica no seu canto. Quando Fármaco precisa de Asclépia ela procura se colocar à disposição, e quando é Esculápia que precisa dele, Fármaco faz o mesmo. E assim eles vivem bem e estão caminhando juntos faz bons anos.

É evidente que como qualquer relacionamento e qualquer outro casal, eles, Esculápia e Fármaco, também têm ou possuem suas discussões, conflitos e opiniões diferentes, o que às vezes leva e resulta em alguns debates e conflitos, mas nada que não seja contornável com sabedoria, prudência e uma boa dose de paciência, ponderações e empatia. Onde no fim, sempre chagam a um acordo e a um denominador comum, viável para ambos.

Asclépia era muito sábia, observadora, sensitiva, atenciosa, inteligente, sensível e se expressava muito bem.

Percevejo ficou escabreado, receoso e um pouco espantado com a presença e palavras de Esculápia.

Ratão, estava em choque e em pânico antes disso, e agora ele estava se borrando de medo. Já que carregava antigos traumas, pânicos e marcas. E que ele lutava para não as deixarem vir à tona.

Entretanto, e apesar disso, Ratão e Esculápia trocaram e trocavam muitos olhares, como se já se conhecessem de algum lugar ou ocasião, ainda que olhares um tanto tímidos e desconfiados, entre ambos.

Bacalhau parece não ter se importado tanto com a presença e a fala de Esculápia ou Asclépia, e apenas fez um sinal como um ok ou tudo bem, para que ela ficasse tranquila ou ao menos se sentisse confortável diante deles.

Será que eles se conheciam de algum lugar ou ocasião? Ratão e Esculápia (ou Asclépia)?! Talvez ambos estivessem ali juntamente em algum tipo de conluio, e com isso planejando alguma coisa ou algum intento sutil, perverso e macabro. Ou talvez não, quem sabe ambos planejavam coisas totalmente diferentes, e por algum motivo vieram a se encontrarem ou se reencontrarem ali. Mas quem sabe se realmente eles não se conheciam de lugar algum, e a troca de olhares foi apenas alguma lembrança ou recordação?!

Sabiá além de não ter gostado daquela invasão, intromissão e audácia de Esculápia, também parecia não confiar nela, sobretudo porque ele estava morrendo de vergonha de seu mau cheiro, o que lhe causava não apenas timidez e constrangimento, mas também raivas e pensamentos autodestrutivos, como uma espécie de fuga ou solução desse problema, do mau cheiro constante.

Então cada um começou a fazer perguntas a Asclépia, e como todos começaram a falar simultaneamente, e agora também no meio de tudo isso o Ratão, Esculápia não entendia nada, já que era uma faladeira, uma gritaria, uma discussão medonha e sem que um respeitasse o outro a falar, pausar e voltar a falar.

Novamente parecia aquela sensação de quando alguém tenta conversar dentro de um clube fechado, tocando músicas e todo mundo falando ou tentando falar com o outro, seja baixo, alto ou gritando, no pé do ouvido ou a distância.

Foi essa a sensação que Asclépia sentiu. Além dela não entender nada entre eles, os quatro amigos, ela também começou a ficar estressada com toda aquela discussão e falatório sem clarezas, sentidos, consenso, razoabilidade e falta de compreensão.

E foi quando tão logo e por já estar muito nervosa, ela deu um grito: __mas que falta de educação, mas que falta de respeito, mas que falta de tolerância, mas que falta de empatia, mas que falta de consciência. __Isso mesmo, cadê a consciência de vocês?! Vocês são conscientes? Ou inconscientes? __Estão conscientes ou inconscientes? __Já se deram conta de se olharem e de se ouvirem a si mesmos? Vocês não se escutam e não escutam ninguém.

Todos os quatro ficaram espantados, surpresos e envergonhados. Alguns até com um pouquinho de desconforto e zangados, mas a vontade deles era de enfiarem suas cabeças em um buraco na terra, de tanta vergonha. Porque ninguém se ouvia a si e nem o outro.

Sabiá engoliu a saliva como se estivesse engolindo uma goiaba, Ratão não Sabiá para onde olhar de tão envergonhado, Percevejo fez cara de boi sonso e manso, para esconder os muitos sentimentos e sensações naquele momento e situação, já Bacalhau, se abaixou e se sentou entre uns caixotes velhos, sem dar um pio, apenas com a face ruborizada.

Foi quanto Sabiá bastante irônico e sarcástico perguntou a Esculápia: '__você esteve no jardim do éden, não esteve? __Me diga a verdade.! Sua cobra veiaca.'

Esculápia um pouco indignada, desdenhosa e debochada respondeu a Sabiá: '__vejo que você é bastante religioso, e sorriu também sarcasticamente e ironicamente.'

E disse: '__Por que você está tentando me ofender? __Eu não lhe conheço, não te fiz mal algum e nem até o momento em que sei, não lhe faltei com respeito ou lhe fiz piadas maldosas.'

Sabiá pasmo e sem graça, engoliu seco o ar vazio goela abaixo e não sabia onde enfiar a cabeça.

Como Asclépia ou Esculápia, já que ela tinha nome e sobrenome, e assim às vezes a chamavam, tanto por um nome quanto por outro, ela aprendeu muito cedo a arte de escutar, ouvir e observar os outros, e como boa observadora, ela decifrou um pouco de Sabiá apenas com aquelas simples, porém, grosseiras e zombeteiras palavras que ele proferiu, e tão logo lhe devolveu como resposta: '__vejo que você é bastante religioso.!' __O que o deixou confuso, com raiva, curioso e encucado de como ela Sabiá disso ou talvez o porquê tivesse dito aquilo.

E tão logo Sabiá abriu os braços, mexeu com os pés na terra do chão, e balançava a cabeça com certa indignação e inquietação. E tão logo indagou: '__por que você está dizendo isso de mim e para mim, sua víbora?

Então respondeu Esculápia: __ora, caríssimo Sabiá, você poderia ter me perguntado qualquer outra coisa, qualquer pergunta ou feito qualquer outra afirmação e com outras conotações. Porém, você me relacionou com uma religião, e aparentemente, com uma única religião. E não com outras. O que me demonstra que você é bastante religioso, talvez a tal ponto de associar pessoas a sua religião e suas crenças, e assim fazer transferências ou relações de perfis e ou personagens. Isso entre as pessoas e sua religião e vice-versa. Mas você não me conhece e nem me conhece, para fazer piadas, sarcasmos e ironias comigo, até porque eu não lhe faltei com respeito, desde o momento em que aqui cheguei.

__O que informa que você é uma pessoa adepta, simpatizante, seguidora ou que teve bom contato com a cultura dessa única religião. Já que você não me perguntou se eu estive na índia em alguma crença, misticismo ou religiosidade, ou na e da China, na e dos povos antigos indígenas da Austrália, ou na e da América do Sul, isso entre os povos indígenas de lá.

__Mas você me insinuou a uma única religião. O que demonstra que você ouviu ou ouve estórias ou histórias dessa única religião que você está envolvido ou emaranhado nela.

Sabiá confuso, envergonhado e com mais raiva ainda disse, '__mas...'

Esculápia então o interrompendo disse, __acalme-se, e espere por favor, pois eu não terminei de falar. O que Sabiá mais uma vez parecendo engolir uma goiaba inteira, respondeu razinza, '__ok, tudo bem, desculpe, continue por favor...'

E continuou Asclépia: __outra coisa, você, Sabiá, é um idolatra!

Sabiá muito indignado e ofendido, logo a interrompeu e a respondeu, '__mas como assim, espere aí. __Como você ousa me dizer isso, perguntou ele? E já respondendo, '__eu acredito em um Deus apenas. O que confirmou a hipótese de Asclépia e lhe forneceu mais instrumentos e munições para descompor mais ainda o pobre Sabiá.

E disse Esculápia: __Sabiá, idolatria vem de adorar ou cultuar a um ídolo, seja ele um, dois, três, cinco, seis, dez, cem, mil e assim sucessivamente. __Idolatria é idolatrar a alguém, alguma coisa ou objeto, seja visível e invisíveis, animados e inanimados. Idolatrar é prestar culto, adoração e veneração.

__E conforme eu percebi com sua ironia e sarcasmo ao me perguntar se eu estava no éden, eu logo observei que você era um religioso e idolatra. __E agora você me dizendo que acredita em um só Deus ou espécie de Deus, você só confirmou minhas hipóteses, tanto de e por ser um religioso quanto um idolatra.

Sabiá muito revoltado, indignado e perdendo totalmente as estribilhas e controle disse, '__olhe aqui, você está me ofendendo, __pois eu apenas perguntei se você estava no éden, e você me chamou de religioso, o que eu sou, talvez nem tanto, ou um pouco, sei lá, não importa. __Mas me chamar de idolatra as coisas estão passando dos limites, e você está me ofendendo, ora, eu idolatra, eu acredito em um Deus, um único Deus e não vários.'

__E ele já diz e manda, somente ao seu senhor, o seu Deus adorarás e o cultuarás, só a ele servirás e só a ele venerarás.

Bem sarcástica, irônica, risonha mais bem educada e cordialmente falando, respondeu Esculápia, '__ora querido Sabiá, veja você mesmo e analise suas palavras, eu não estou lhe ofendendo, mas apenas demonstrando a você mesmo o que você é e quem você é.

__Quando você diz que têm um deus, independente de quantos, você já demonstra ser religioso, isso prova que eu não o ofendi, independente do seu grau de religiosidade; __em segundo que idolatria conforme explicado é idolatrar a alguém, alguma coisa ou objeto, lhe prestando culto, adoração, homenagens e venerações, e você faz isso com o seu Deus, que pede para ser adorado, o único a ser adorado, cultuado, servido e idolatrado, portanto, você é um idolatra.

__E eu não o desrespeitei, o ofendi e nem o quis magoá-lo ou constrangê-lo, apenas respondi a sua pergunta se eu estava no éden, com outra pergunta e observações detalhadas. __E o que você me demonstra um outro problema a ser demonstrado e apresentado para você, que é: se o seu Deus diz para não adorar e idolatrar a ninguém e nada a não ser ele, há um paradoxo aí, porque não se pode adorar, mas se pode adorar, não se deve adorar, mas se deve adorar, a ele, isso além de ser uma contradição, também é um paradoxo um tanto constrangedor.

__Imagine se alguém te disser, perguntar ou responder isso na rua? __Você vai ficar bravo, magoado, constrangido, com vergonha ou sem respostas?

Sabiá completamente emudecido, vermelho de raiva e de vergonha por não saber o que dizer, uma vez que ficou claro que ele era um religioso, idolatra e sobretudo praticava um paradoxo com suas contradições, não quis mais continuar a conversa com Asclépia. E interrompendo-a disse: __já chega, basta, não precisa falar mais nada, e desculpe se a comparei com a figura ou pessoa do jardim do éden.

__Sim, talvez eu seja um mero religioso, ignorante sobre minha própria religião e sem dúvida sou um idolatra. É claro, não como os outros idolatras, pois eu sou um idolatra diferente, só idolatro um.

__Mas não sou idolatra de vários deuses. Bom, como eu já estou confuso, não quero mais falar sobre isso, você confundiu a minha cabeça. Acho que realmente você estava no éden.

Esculápia com muita elegância, sobriedade, educação, simpatia, generosidade, polidez e empatia apenas disse: __tudo bem Sabiá, aqui encerramos o assunto, mas você descobrir quem você é não deve ser um problema, mas sim um caminho para sua autocompreensão, autoconhecimento, desenvolvimento e cura interior.

__Saber que se é um religioso e idolatra é a coisa mais comum do mundo, afinal quase todas as pessoas são religiosas, místicas e têm seus vários tipos e modos de ídolos e idolatrias. Mas quando um diz que não pode adorar a outro, mas apenas ele, isso é uma contradição e um paradoxo.

__Saber o que fazemos, porque fazemos, o que pensamos e porque pensamos é muito importante para o nosso progresso e desenvolvimento pessoal e individual, que vai desembocar no coletivo social. Por minha parte o assunto está encerrado!

__E aliás, não, eu não estive e nem estava no éden ou jardim do éden, até porque eu não era nascida. Precisamos sair desse assunto, porque além de estar ficando chato, mais uma vez vamos ficar no seu ciclo vicioso e redundante de pensamento religioso, idolatra e ignorante sobre esse processo que você está preso, como a andando e pensando em círculos, e não em espirais, abertos e ascendestes. __Caso encerado, respondeu enfaticamente Esculápia.

Sabiá não muito satisfeito se silenciou e se sentou em uma pedra, um tanto confuso, enraivecido e tristonho por saber que tudo o que Asclépia dissera fazia sentido e razão.

Ratão um tanto piadista exclamou: __nossa! Até que enfim alguém conseguiu terminar com a discussão sem rumo, com o falatório sem nexo e colocar todos em silêncio, atenção e respeito numa conversa saudável, edificante, lucida e com fundamentos e razoabilidade em bom estado. __Uau!

__Parabéns, Esculápia ou Asclépia, seja qual for teu nome correto. A balburdia passou e conseguimos nos concentrar e centrar em uma conversa sem fazer confusões com outras atropelando-se e no fim não dando em nada. Além de você e Sabiá conversarem de modo sem colocar muitos elementos contraditórios numa conversa.

__Fiquei surpreso e encantado, Esculápia, você ganhou um admirador.

'__Obrigada, Ratão,' respondeu Asclépia, e continuou, 'mas o objetivo aqui não são nossas vaidades pessoais, intelectuais e argumentativas, mas sim nos curarmos pela palavra e nos encontrar a nós mesmos em nossas próprias palavras e falas, bem como nossas angústias, repressões, confusões, dilemas, contradições e assim por diante.'

'__Ora, observe comigo algo muito importante e detalhes que talvez não paremos para pensar até agora: como pode um Sabiá que não sabe cantar e nem voar? Além disso precisa de muitos banhos. O porquê disso? Como ocorreu e porque aconteceu isso? Bem como um Percevejo que não tem medo de gaivotas ou outras aves, gosta de mar, água e inclusive o de desafiar os perigos de e com outros predadores do mar? Sobretudo, também um peixe, Bacalhau, que não sabe nadar, detesta água e gosta de montanhas? Vocês já pararam para pensar sobre tudo isso? Vocês podem refletir comigo por alguns minutos sobre essas questões e dilemas tão complexos?'

__Bacalhau, eu gostaria de lhe dizer que quando você for entrar no mar, não tenha medo dele e nem de si mesmo diante dele, seja honesto com o mar e consigo mesmo, somente assim você vencerá os teus medos ocultos e simultaneamente talvez tenha certa sensação do poder que o aceita.

__Tanto o poder do mar quanto o de si mesmo, de se aceitar com os teus limites, limitações, erros, falhas e dentre outros aspectos da vida.

__Permita-se falhar e errar como uma pessoa normal, e não querer ser um super sei lá o que. Se você se aceitar e aceitar a força do mar em você, então aceitará a certas forças que podem ajudá-lo ou destruí-lo. Dependerá unicamente de você e de como aceitar tais forças, a do mar e a tua própria.

__Percevejo, você não é insignificante, você tem um propósito nesse universo. E você é quem você é, então não tenha medo de ser quem você é.

__Mas não vá além de tuas capacidades, condições e limites, tente ser equilibrado para não se autodestruir. Talvez acabando na barriga de alguém.

__Você deve se respeitar em todas as tuas atitudes, ações, aventuras e perigos. A menos que você ouse contra tua própria vida propositalmente, buscando assim a sua auto aniquilação.

__Se respeite!

__Você é alguém e importante na lógica da natureza e do universo. Não tente competir com ninguém e nem consigo, apenas viva e siga a vida...

__Sabiá, você está se impondo condições que se autodesqualifica, se autocondiciona e assim não interage e se relaciona com tua própria natureza e ser que és.

__Você está permitindo com que outros seres e elementos da natureza e do mundo não o deixem ver a tua vitória, a tua grande força, a tua potência, o teu grande poder e liberdade, que é cantar e voar. Tente ter experiências e vivências além das que te subjugaram e te colocaram com os pés cravados na terra, e assim o impedindo de voar e explorar tua potência e natureza plenamente. De modo amplo, profundo, extenso e pleno.

__Vocês três precisam entender e compreender que há uma busca de prazer oprimida, reprimida e coagida dentro de cada um, dentro de vocês e ao redor de vocês.

__Todo o planeta respira, vive, expande e expressa sua vida e seu prazer de viver.

__Vejam o sol, a lua, as estrelas, as árvores, os demais animais, as plantas, as flores, os rios, os mares e os oceanos? E todos esses amam a vocês. E os amam de verdade!

__Vocês sabem disso? Sabiam disso?

__Vocês sentem isso? Esse amor do universo e da natureza por vocês?

__Não aceitem limites impostos pelos outros, mas apenas aqueles das próprias condições e capacidades naturais de cada um.

__Não aceitem formatos e padrões impostos a vocês. Sejam quem são. Livres!

__Não entrem em competições com ninguém.

__Não forcem nada que sintam que não é de vocês ou que não lhes pertencem! Vocês descobrirão...

__Rejeitem padrões e imposições.

__Não se deixem serem controlados por outros.

__Não se submetam a manipuladores! Vocês terão grandes conquistas fazendo isso.

__Não sejam ingênuos diante dos astutos. Mas sagazes e ousados, firmes e decididos.

__Não finjam negando e trancafiando os desejos de vocês. Mas tentem administrá-los e regulá-los vocês mesmo com equilíbrio e boa medida.

__Sejam resilientes a todos os excessos da vida. Eles podem nos adoecer. Causam dores e sofrimentos espantosos.

__Todos no mundo possuem medos. Mas não se deixem dominá-los e vencê-los por eles, usem eles, vossos medos com e em benefício próprio com sabedoria.

__Todos somos vulneráveis a alguma coisa.

__Não há ninguém e nada que seja invulnerável.

__Tenham algumas boas ilusões, bons sonhos e boas fantasias, afinal, todos nós precisamos disso. Caso contrário a vida seria muito chata e um tédio.

__Não deixem a vida fugir e ou ir embora de vocês, e no final do cenário ficarem apenas vocês sozinhos, arrependidos, constrangidos e se lamentando de o porquê não terem vivido com a vida, como ondas junto com e do mar.

__A vida pode ter muito a nos proporcionar a todos nós. Talvez as outras pessoas não. Ou nem tanto...

__Mas a vida e o viver sim.

__A tempestade vai passar! A vida e o viver são como o mar, eles não podem ser derrotados, a não ser por eles mesmos. Quero dizer que a vida de vocês pertence apenas a vocês. Não a outros. Assim é o mar, ele pertence apenas a si mesmo. Sendo assim, somente vocês podem se autoderrotarem.

__Se vocês assim o fizerem alcançarão a paz, o aquietamento e a cura que tanto buscam. Mas não falam por medo, vergonha, receios e dentre outros.

Sabiá, Bacalhau e Percevejo ficaram completamente emudecidos, inclusive Ratão. E ninguém ousou falar nada e nem responder a Esculápia sobre os fatos indagados e questionados.

E concluiu Asclépia: '__Mas, obrigada mais uma vez pelos elogios, Ratão, porém, mas quanto a sermos ouvintes, e falarmos em um diálogo saudável, não importa se seja com muitos elementos, conteúdos e sem nexos, sem ou com ordens, o importante é falar, é dizer e expor, independente do que seja.'

'__Esse é o meu objetivo aqui, e acredito de o porquê nós estarmos aqui nesse momento, você concorda, disse Esculápia?'

Ratão, um pouco sem graça com a resposta e pergunta de Esculápia, apenas respondeu que sim, que acreditava nisso também. E propôs a Asclépia em os ajudarem a colocarem um certo rumo nos diálogos e conservas, sem caírem em discussões tolas, gritarias, falatórios e sem ordem ou sentidos. Alguma coisa que gerasse algum resultado positivos para todos eles.

Uma vez que, ela parecia ter boas habilidades e capacidades para ajudar a fazer isso e enfim descobrir quais eram os motivos das discussões entre Sabiá, Percevejo e Bacalhau, e que agora ele, Ratão, também estava envolvido, sem saber o que e porque, mas interessadíssimo em descobrir os motivos, causas e circunstâncias de e para tudo isso.

Sabiá ainda norteado e desnorteado com a conversa com Esculápia, fez sinal de afirmativo e que concordava com a proposta de Ratão, Percevejo parecia um pouco retraído, com certos receios de alguma coisa, mas meio indeciso disse também que sim, que era uma boa ideia tal fato, já Bacalhau ficou um pouco intransigente e apresentou objeções quanto a proposta de Ratão, uma vez que, para Bacalhau, ela era ela, e eles eram eles, e isso não tinha muito sentido. Porque ela tinha que ser uma espécie de juiz, mediadora, advogada e conselheira tudo juntamente para eles? '__Ela é ela, e eu sou eu, disse ele.'

Asclépia tomando a palavra com muita educação e carinho por ambos, inclusive na demanda entre Ratão e Bacalhau disse: __senhores, eu não estou aqui para atrapalhar, causar confusão, interromper, aconselhar, julgar, advogar e nem ser babá de ninguém, eu apenas estava de passagem, fugindo da chuva como vocês e vim aqui me abrigar.

__Percebi que vocês estavam numa espécie de discussão e disputa oral, verborrágica e logocêntrica, e apenas espirrei, vocês pararam a discussão e ficaram me olhando. Nos apresentamos e Sabiá me fez aquela pergunta, começamos a conversa e eu me calei, e agora Ratão está me propondo a participar da disputa, discussão, demanda, problema, conflito e resolução da causa juntamente com vocês.

__O que eu tenho a ganhar com isso? O que eu tenho a perder com isso? O que eu tenho a ganhar e ou perder com isso? Eu tenho mais a ganhar ou a perder participando disso? Ou vocês acham que eu possa estar tramando alguma coisa contra todos vocês ou alguns de vocês?

Isso fez todos ficarem imediatamente em estado de alerta, assustados, intrigados e com certo receio de Asclépia estar tramando alguma coisa contra todos eles ou alguns deles. Mas quem?!

E continuou ela...

__Então, querido Bacalhau, não se preocupe, eu não tenho intenção de nada aqui, mas apenas a ficar no meu canto quietinha, esperar a chuva passar para eu poder ir embora com segurança, tranquilidade e alegria, como assim eu saí de casa hoje. E agora estou aqui com vocês, quatro estranhos e desconhecidos para mim e do meu círculo de convivência.

Após Esculápia dizer tudo isso, Ratão ficou até mesmo entristecido pela atitude generosa de Esculápia e a deselegância, falta de educação e insensibilidade de Bacalhau, que parecia ter um coração de pedra, talvez frio e sangue frio.

Então simplesmente deu um tapa na própria cabeça como sinal de indignação para com Bacalhau, olhou desapontado para Sabiá e Percevejo, que também desapontados, ambos simplesmente calados olharam para o chão em sinal de contestação contra Bacalhau e lamentando por sua intransigência e não reconhecimento de que Asclépia não tinha nada a ganhar comprometida e ou envolvida nos problemas e discussões deles ali, ao contrário, ela tinha mais a perder, como a paciência, o tempo, a voz, a paz etc., com eles.

Então, Bacalhau ficando deslocado e sozinho em sua posição e opinião contrária, percebeu que as mesmas tinham um fundamento, e era de que ele não gostava de se sentir dominado, controlado e persuadido por elas, sim, elas. Já que ele se sentia inferiorizado e diminuído se não demonstrasse a sua masculinidade, gênero e posição dominante na cadeia alimentar.

Para Bacalhau ela era apenas uma víbora tentando os persuadir, os dominar, os conquistar e sei lá mais o que. Ele estava com medo dela!

Esculápia observadora, atenta, sábia e perspicaz, apenas disse: __Bacalhau, você não precisa ter medo de mim. Eu não vou lhe fazer mal. Eu nem gosto de peixe, alguns até, mas Bacalhau não... __Nada pessoal!

__Afinal, no fundo e início da história ou histórias, todos somos parentes ou temos alguma relação, todos temos origens semelhantes, todos temos algum grau de parentesco, ancestralidades etc., e sorriu para ele.

Bacalhau desconfiado chutou a terra entre seus pés, e por fim pediu desculpas e concordou com todos os argumentos contra ele e a favor de Esculápia. Mas estava muito desconfiado dele e para com ela. Era notório.

E então após muito custo, Esculápia propôs a organização, ordem e modo de apresentação, falas e discussões por parte de cada um, quem começaria ou desejasse começar, e por fim os limites de tempo de fala de cada um para depois poderem todos participar de modo ordeiro com seus comentários pessoais sobre suas próprias vidas, exposições e das dos demais colegas.

Bacalhau queria ser o primeiro, assim como Sabiá e Percevejo, pois tudo começou com eles, e novamente deu-se uma grande discussão.

Ninguém conseguia falar ou se entender novamente, foi quando Asclépia disse alguma coisa, algo estranho como '__*Panta Rhei*,' e todos pararam, parecia alguma palavra mágica, algum jargão, bordão, frase de efeito ou um mantra, não deu para saber, mas todos ficaram imediatamente calados, envergonhados novamente e atentos a Esculápia e suas palavras.

Foi quando ela propôs que o mais justo naquele momento, situação e fato, seria a disputa não ser mais começada pelos três que deram início a tudo aquilo, mas por uma pessoa neutra entre eles, e que assim os três não discutiram mais sobre quem seria o primeiro a começar, o porquê e assim sucessivamente.

Bacalhau furioso disse, '__por sinal será você essa pessoa?' O que fez Sabiá também um pouco indignado dizer, '__assim não vale, assim você está nos engabelando ou querendo nos enganar e nos confundir de alguma forma.' E concluiu Percevejo, '__não pessoal, Ratão seria o primeiro a começar a falar, eu acho mais justo e legal se assim for, e depois dele, pode ser quem quiser, eu fico por último, não têm problema.'

Asclépia sorridente concordou com Percevejo, e disse: __muito bem, Percevejo, parabéns, essa era a proposta e ideia, mas eu queria que vocês chegassem a esta conclusão.

Isso fez Percevejo ficar todo bobo, envaidecido e confiante para ser o último sem problema. Ratão se sentiu grato e até mesmo ficou emotivo, pois ninguém nunca havia feito alguma coisa assim tão simples, natural e profunda para ele, e sem mesmo o conhecer ou o conhecendo. Seus olhos lacrimejaram e ele apenas disse: __obrigado, Percevejo, você me emocionou.

Sendo assim, Bacalhau e Sabiá não muito satisfeitos, contentes e orgulhosos, acabaram aceitando, e assim começou a conversa tão esperado por eles, mas com alguém que não estava no início de tudo, o que deixou Esculápia muito feliz, pois ali alguma coisa boa estava sendo construída e os objetivos positivos estavam sendo alcançados. Não para ela, mas para eles e entre eles.

'Cada um de nós tem seu próprio caminho, tem a sua própria estrada a e para ser seguida e trilhada. E mesmo que esse caminho, às vezes seja difícil e espinhoso, talvez até mesmo nos machuque, percorrê-lo com dignidade, honestidade e bom caráter, é o objetivo principal de cada pessoa e em seu caminho. E isso ocorrendo ou sendo, de forma a não ofender a ninguém, a não fazer sofrer, a não trazer dor e nem 'passar por cima dos outros. Sendo assim, a escolha do caminho de vida depende apenas da própria pessoa, de cada um, de suas escolhas e de seus caminhos a tomarem e seguirem. Algumas pessoas ficarão arrasadas pelos problemas e dificuldades durante no caminho, e talvez algumas pessoas, não irão querer seguir em frente, enquanto outras, apesar de todas as dificuldades, continuarão avançando corajosamente e ainda com sua dignidade. Portanto, toda a nossa vida consiste em inúmeros desafios e obstáculos, por vezes, muitos deles parecendo dificilmente superáveis ou até mesmo insuperáveis, como nos pode parecer à primeira vista e diante deles, dos problemas, sofrimentos, obstáculos etc. Mas, se você decidiu seguir em frente, tão logo, começaras a perceber, que na verdade nem tudo é tão ruim quanto parece, nem tudo, e que muitos dos problemas e dos obstáculos podem ser completamente solucionáveis, ultrapassados, e, portanto, até mesmo vencidos.'

'Você não deve ter medo da vida e de viver, e nem tão pouco ter medos imediatos das dificuldades que surgirão, muito menos construir para si ou entorno de si mesmo barreiras intransponíveis, pois isso só o isolará da vida e da existência, uma vez que, a vida e o viver são processos constantes de, e em arriscar-se, desde que nos deitamos à noite até o acordar pela manhã. Portanto, é melhor pensar com calma em como superar os medos e as dificuldades, porque certamente haverá uma saída. Sempre há uma saída! Às vezes nós só não olhamos direto...'

VI.   Ratão, o primeiro a falar...

'As portas da escuridão serão abertas.'

'As portas da escuridão precisam ser abertas, pois somente assim entrará a luz do sol e seu calor. A luz e o calor são fontes de vidas, vidas em muitos sentidos.'

Percevejo se sentou sobre um tijolo que encontrou ali por perto, bastante empoeirado e repleto de teias de aranha. Bacalhau encontrou uma lata de tinta vazia, e por ali se ajeitou. Sabia não quis se sentar, mas ficar em pé junto a uma coluna feita de madeira dentro do galpão ou casebre, como uma torre de madeira, ligada a outras, parecendo um andaime ou um poleiro.

Todos em silêncio, mas destilando alguns resmungos contra a situação de não serem os primeiros a falarem.

Enquanto isso, Esculápia se posicionou sobre uma velha cadeira quebrada, e dali ficou com os olhos fixos em Ratão e no que ele iria falar. Desse modo, todos ficaram prestando bastante atenção naquele momento esperando por todos, sobretudo por Bacalhau, Sabiá e Percevejo. E agora, também Ratão.

Ratão estava tenso, nervoso e um pouco trêmulo, suava friamente e sua boca estava seca de ansiedade, mas ele procurava disfarçar e não demonstrar tantos conflitos de e em sentimentos que o tomavam e o atormentavam naquele momento e situação.

'Todos precisamos de certo tempo para pensar e refletir em cada atitude a ser tomada. E a cada decisão a ser decidida.'

Esculápia tomando a palavra antes da fala expositiva de Ratão, vez um barulho com a boca, e chamou à atenção de todos dizendo:

'__Antes de Ratão começar a falar, eu gostaria da atenção de todos vocês, e que durante a fala dele, todos ficassem atentos, prestando bastante atenção e que refletissem simultaneamente nisso que vou lhes dizer agora.'

'__A noite hoje vai nos perguntar: bem... como vocês estão hoje? Como cada um de vocês está hoje? Quantos pontos cada um de vocês acertou e conseguiu no dia de hoje? Digo isso em relação a vida de vocês, seus erros e acertos. Ora, quantas soluções vocês conseguiram resolver hoje? Às vezes passamos a vida toda buscando respostas e soluções para nossos problemas e dilemas, mas não fazemos a nossa parte.'

'__Quantas dúvidas vocês conseguiram retirar de vossas cabeças? Me diga, Ratão?! Me fale Percevejo?! Me responda Sabiá?! E você Bacalhau?!'

'__Quantos sonhos vocês o tiveram como algo obsoletos e sem importância para vocês mesmos. E sonhos de vocês mesmos? Quantos planos e pontos de vossas vidas e projetos vocês já conseguiram cumprir? Ao menos hoje?! Quantos incêndios foram apagados dentro de vossas dúvidas, incertezas, inseguranças, inquietações e ansiedades? Quantas chamas que os queimavam e os feriam foram apagadas, me digam?'

'__Algum projeto, propósito ou plano de vida já realizados e cumpridos? Quais e quantos?! Não precisam me responder, mas apenas reflitam sobre isso...'

'__Me digam, com quantas pessoas vocês ficaram felizes no dia de hoje ou as fizeram felizes? Quantas pessoas foram, estão ou ficaram felizes com vocês? Vocês também ficaram felizes? Você se gostou de si mesmo hoje ou algum dia da sua vida? Muitos dias ou poucos dias que vocês fazem isso, gostarem de si mesmos?'

'__Com quantos 'não posso' você já lidou na sua vida, no dia de hoje e consigo mesmo? Quantos 'eu não quero' vocês tiveram que lhe dar e que prevaleceram sobre vocês e suas vidas? Quantos 'nãos' vocês tiveram que lhe dar e aceitar hoje, inclusive não também para os outros, ou seja, aceitar o dar o teu não a outra pessoa?'

'__Quantos 'eu não quero' vocês tiveram que dizer e ouvir, e quantos prevaleceram diante de vocês? Sim, a noite hoje vai nos perguntar sim, com quantas interferências de outros ou de fatos e eventos vocês conseguiram contornarem e superarem? Quantos ressentimentos vocês superaram em suas vidas, e hoje, no dia de hoje? Quantos? Quantos aborrecimentos e quantas reclamações tiveram que enfrentar hoje? Quanta felicidade foi e está sendo incluídas em vossas vidas?'

'__A noite hoje vai nos perguntar sim, você já se permitiu pensar sem a interferência direta de outrem? Quantas coisas incríveis você já fez por você mesmo, e pelos outros também? Quantas coisas incríveis, espantosas e maravilhosas vocês já encontraram hoje?'

'__Você já se permitiu não pensar em nada alguma vez e apenas sentir e viver? Quantos passos cada um de vocês têm dado em direção aos vossos objetivos e sonhos? Quantos jantares simples, porém, deliciosos vocês já saborearam? Quantas frutas saborosas e deliciosas vocês já colheram e comeram? E hoje, quantas e quais? Colheram alguma hoje? Quantas frutas vocês já colheram e quantas amadureceram? Vocês já retiraram as lascas e setas de vossos corações? Quantas vocês retiraram hoje? Digo de vossos corações e pensamentos?'

'__Talvez a noite lhes diga: é, o dia está chegando, a noite está virando, e o sol logo se porá. A noite vai e vêm, assim como o dia, o sol, a lua e as estrelas. Então, antes que termine essa noite, deseje uma estrela, porque é isso que o seu coração quer. Ou deseje a luz dentro dele. Teu coração quer uma estrela?

__Isso só acontecerá se você entregar todas as suas tristezas antes do sol nascer e se pôr, tudo deve ser no intercâmbio e nos intervalos que fazem a noite acontecer, você sonhar e pedir sua estrela em teu coração. Serão exatamente nesses momentos em que o dia e a tarde dirão, é a noite está vindo, está chegando, e o dia está virando noite para você sonhar outros e novos sonhos, sonhos não sonhados durante o dia.

__Então, entregue suas tristezas ao pôr do sol antes que a noite chegue. Corra! Vá! E como isso será?

Basta dizer: Boa noite, e eu vivi a minha vida hoje, e a minha vida é o evento mais importante que eu tenho nesse mundo.'

'__Tudo então começará a fazer sentido. E você se tornará mais cauteloso e curioso com a vida, o viver e o existir. Sim, sua vida é um grande e importante evento, um grande acontecimento que ainda está sendo e acontecendo nele e por ela mesma, fazendo você ser quem você é.

__A noite hoje vai nos perguntar, e ela já está chegando. E eu lhe responderei a ela e a mim, boa noite! Pois é exatamente assim, que às vezes começa uma vida contente e incrível, não de acordo com o que os outros decidem por você, nem tão pouco com certos protocolos estúpidos e de correções externas e autocobranças perfeccionistas internas, mas sim de acordo com a revisão mais sincera, honesta e leal as e das próprias capacidades reais que cada um têm ou possui. Talvez vá as descobrindo ao longo da vida e da existência.'

'__É exatamente assim e nesses momentos, que tão de repente, as coisas aparentemente comuns ou mais comuns, tornam-se e vão se tornando curativas, muito curativas e curáveis de e para muitas feridas, no corpo, na mente, nos sentimentos e nas emoções. E assim, uma 'pequena vida' se torna uma 'grande vida,' que permite que você mesmo entre na sua pequena vida e descubra nela mesma, a grande vida, para que por meio e através desse processo, você possa criar algo mais gentil, nobre e agradável em si mesmo, tanto para você quanto para aqueles que estão ao seu redor, sobretudo, também para àqueles que realmente estão próximos de você.

__E são nesses momentos tão desejáveis, que em poucas horas, você pode se refazer e se reconstruir, a partir de suas vivências e experiências, das quais em poucos momentos e poucas horas, como sendo o bastante e necessárias, para que você possa definitivamente riscar com segurança absolutamente tudo o que não lhe faz bem, interessa ou que não lhe é importante para seu crescimento no momento. Já que sua vida é um evento importante acontecendo e o seu tempo sua joia rara pendurada no pescoço do teu viver e existir.'

'__Sim, a noite está chegando, mas também logo estará se indo. E é nesse momento em que a noite estás prestes a se ir, e tão logo também a perguntar, que ela, a noite costura a cidade, os céus, a terra, a natureza, você e também a tua vida de forma bem aquecida com e de um pôr do sol brilhante, reluzente, vibrante e esperançoso de um novo dia, um novo começo, ou talvez quem sabe, de um novo recomeço.

__É justamente aí que você prova e descobre quão fresca é a água dos rios do planeta e do universo, cristalinas, límpidas e refrescantes, e sob a qual você fica para beber, se saciar, se lavar e para que eles possam levar todo teu cansaço do corpo, da mente e do teu coração, machucado, ferido e às vezes ainda sangrando. Cansaço esse das emoções e sentimentos.'

'__Há tempo para você? O que você tem feito com o seu tempo? Você tem valorizado o teu precioso tempo?'

'__Tempo não é dinheiro! Tempo é vida aproveitada, desfrutada, desperdiçada, perdida ou gasta. Tempo é coisa que não volta, ainda que tentemos reproduzir ele ou o copiar, jamais ele será o mesmo. Assim como nós também já não seremos mais os mesmos.'

'__A noite e o dia vão te pedir tempo, tempo para eles e para você, tempo de você consigo mesmo e junto com eles, com a noite e o dia, o dia e a noite, e você sempre junto deles e com você mesmo. E aí será incluído aqueles ou aquelas pessoas que você desejar e escolher com que estejam com você, com o seu tempo, no teu tempo, e juntamente com as noites e os dias.'

Esculápia deu uma pausa em sua fala, olhou nos olhos de cada um dos ouvintes, e num movimento suave, com um olhar de ternura, de solidariedade e de compaixão olhou fixamente para Ratão e disse:

'__Ratão, gostaria de lhe dizer algo diretamente e específico a você. Saiba que você e nem ninguém deveria, deve ou precisa viver como se estivesse estrangulado ou sendo estrangulado pelas situações da vida, seus contrastes, dilemas, planos não concretizados e objetivos não alcançados. E assim todos acabam que gastando suas energias, forças e capacidades em tensões psíquicas e bioquímicas que poderiam serem investidas para e no que realmente existe, está acontecendo e nos acontecimentos concretos.

__Ou seja, não sofra pelo que não deu certo, pelo que não aconteceu e nem muito menos pelo que ainda virá. E se não veio, não aconteceu, e se não veio e nem aconteceu, mas ainda virá, então é uma ficção, uma fantasia e não é real e nem concreto. E às vezes a gente gasta muitas energias com essas situações e 'causas irreais futurísticas,' isso porque ainda não aconteceu, sendo apenas um 'sonho acordado.' E isso nos faz sofrer. E muito!'

'__Isso não quer dizer que você viverá uma vida apática, resignada, negativista, sem a doçura dos sonhos, fantasias e delícias que as boas possibilidades, perspectivas e ilusões trazem para certas necessidades biopsicossociais que todos nós possuímos.

__Não, não é um caminho de alteridades e nem de autoengano, mas de ser mais realista sem imediatismo, ser utópico sem distopias, aproveitar o momento do hoje vivendo sem sofrer pelo amanhã que nem existe ainda. Apenas viva sem se deixar cair nessas patologias e seus polos extremos que carregam e mascaram muitos sofrimentos, perfeccionismos, autocobranças e melancolias embutidas em tais pensamentos e comportamentos.

__Sim, não caia nessas resignações patológicas, em nenhuma delas e seus polos extremos em nenhuma circunstância. Apenas viva e deixe viver, apenas viva e deixe tudo fluir. Cada um só pode dar o que tem a mão.'

'__Preciso te dizer que isso não quer dizer que estou lhe dizendo para recusar os acontecimentos e as mudanças que batem na porta de nossa vida e existência. Não, não é isso. Não se trata disso!

__Mas, apenas que você possa compreender que as mudanças que ocorrem em nossas vidas não são fatos e dados prontos, que simplesmente acontecem da noite para o dia, como a um evento inesperado, não, não é assim que funciona.

__As mudanças acontecem em processos em nossas vidas. Sim, como processos lentos, desde que nascemos até o dia de nossa partida. As mudanças são necessárias, mas não são mudanças em si, e sim transformações. É isso o que ocorre conosco na verdade, transformações e não mudanças, como se se muda de uma casa para outra.

__Não meu caro Ratão, as mudanças que nós chamamos de mudanças, na verdade são processos de transformações e transformações em processos lentos.'

'__Então, todos nós temos que aprender a lhe dar com nossas capacidades, mas também com nossas impotências, reconhecendo assim nossos erros e acertos, vitórias e fracassos ao longo da vida e diante da existência. A vida não é um ganhar para sempre, e nem um perder para sempre.

__Todos temos altos e baixos, alguns mais outros menos. Porém, isso não significa que são pessoas melhores e superiores ou piores e inferiores, não, não se trata disso, ambas são apenas pessoas diferentes, com condições diferentes, estruturas diferentes, em circunstâncias diferentes, em transformações e seus processos diferentes. É isso! Lógico que as condições socioeconômicas e biopsíquicas de cada um estarão contribuindo para o bom andamento e funcionamento desses nossos processos interiores e exteriores de transformações, e que nos conduzirá a passos mais largos e longos, que são as mudanças de modo mais abrangente.

__Sendo assim, não sofra se fazendo de durão, não abandone a realidade das impotências, fraquezas e limitações, mas isso não quer dizer ou significa um desisto ou paro por aqui. Não, não é isso, e sim uma verificação de si mesmo, uma autoavaliação para não exigir esforço de mais de si mesmo quando na verdade se é para parar e descansar, pegar um folego e compreender toda a situação que estamos envolvidos e que estão nos desgastando com sofrimentos internos e às vezes externos, no qual em alguns casos despejamos em outras pessoas que não tem nada a ver com nossos dilemas.'

'__Portanto, não podemos abandonar a realidade de nossas impotências, e ao reconhecermos elas, não exigiremos grandes esforços delas e de nós, já que elas fazem parte de nosso ser e estruturas. Se nos sacrificarmos aos extremos e exigirmos de nós a tal ponto de passarmos por cima de nossas impotências e limitações, sem as identificarmos e as reconhecer, tão logo, além da situação não melhorar tanto e nem significativamente, talvez nós possamos nos autodestruir aos poucos, isso em vários sentidos, âmbitos e aspectos. Sobretudo biopsicossocialmente.

__Já que a nossa psique se faz, caminha, se constrói, funciona e se estrutura por e em transformações e não em mudanças, e transformações lentas, em processos necessários e não em mudanças bruscas, imediatistas, brutas e inconsequentes. Lembre-se disso, nossa psique consiste, funciona e se constrói em e por processos de transformações e em transformações de processos, e ambos lentos, e não em mudanças.'

'__Isso porque as transformações de nossa psique se dão e consistem em seus lentos processos e as mudanças são aqueles estados que às vezes passamos, experienciamos e sentimos como num estado de choque, de euforia, emoção e outros estados em suas mudanças repentinas, inesperadas e que nos impactam, positivamente ou negativamente, construtivamente ou não.

__Mas se relacionarmos e compararmos as transformações e ou seus processos de transformações de nossa psique com as mudanças de estado, aqueles são mais construtivas do que estas. Porque todas aquelas são e se dão em processos, enquanto que estas por mudanças. __Você me entende?"

Ratão muito atento a cada palavra, frase e linha de raciocínio de Esculápia apenas balançou a cabeça com um olhar e postura profundamente reflexiva, e disse que sim, que estava a compreender tudo perfeitamente. Enquanto que Bacalhau, Sabiá e Percevejo também prestavam a atenção em tudo o que acontecia e ao que Asclépia falava com tamanha profundidade, intensidade e reflexibilidade, no qual estes estavam como que atônitos diante de tudo o que ocorria e o que ouviam naquele dia transformacional.

E continuou Esculápia:

'__E estas transformações e seus processos em nossa psique precisa e exige tempo. Tempo! Guarde isso. E isso significa que é hora de cada um perceber o que acontece ou está acontecendo consigo, através e por meio do olhar para si, para dentro de si e com tempo.

__Sim, tempo! Até porque muitas das vezes vivemos como que em modo ou estado de pilotos automáticos, que além de não permitirem com que venhamos a nos conhecer a nós mesmos ou os outros, bem como não conhecer aos nossos próprios sentimentos e emoções, que parecem que invariavelmente estão desconectados ou desativados de nós, acabam causando mais desperdícios de energias em nós do que consumo adequado, equilibrado e consciente. Sim, estou querendo dizer que aí nesses fatos de e em nossa psique há uma maior despesa de energias biopsíquicas e ou biopsico-químicas, inclusive um esgotamento paradoxalmente mais rápido, abrupto, sutil e fluído, como que um vazamento lento.'

'__Com isso, quando estamos nesses estados de mudanças 'para e de pilotos automáticos' numa despesa de energias e da psique desapercebidamente, não reconhecendo e nem compreendendo nossos sentimentos, sensações e emoções, que parecem desconectados ou desativados da consciência por estarem também ligados e dependentes do 'piloto automático,' nós não nos reconheceremos e nem as nossas limitações, sobretudo a exigência do tempo para si, ou seja, para nós. Isso para nossa psique se atualizar, reorganizar e se reparara diante e com os processos de transformações quanto de mudanças da vida e da existência.

__E isso tudo é doloroso, nos causam diversos tipos de dor, das físicas as principais conhecidas, as psicoemocionais. E tais dores são reais e doem de verdade. Então, é sinal e hora de parar e de se pensar o que se precisa ser feito, é tempo de parar e de pensar. Principalmente é hora e tempo necessário para não apenas se verificar o que se precisa ser feito, mas também e sobretudo, o que se é necessário e o que realmente pode estar disponível para se fazer.'

'__E o tempo será tempo para reflexão, para avaliação, para recuperação e talvez para cura. Tempo necessário para pôr em ação nossa autorreflexão e autoavaliação, bem como nosso autoconhecimento, passando todos esses entre teorias e práticas internas e externas a nós e a nossa psique.

__Aí nós teremos contato conosco, sem pilotos automáticos, com nossos sentimentos, emoções, limites, fracassos e tudo que em nossas sensações possam estar desativados ou desconectados de nossa consciência, e é justamente a hora em que aparecem as dúvidas, os medos, as dores e suas causas, origens, motivos e consequências, é a hora em que surgem os pensamentos obsessivos, neuróticos e paranoicos que nos perseguem ou caminham conosco a tanto tempo e nos fazendo sofrer e sentir dores profundas e intensas, visíveis e invisíveis.

__É aí também que começamos a ver com mais clareza as nossas incapacidades, anseios, autoflagelos, autocobranças, angústias etc., que por um bom tempo vem, estavam ou estão veladamente nos maltratando e nos causando infelicidades. Diante dessa consciência ligada e ativada juntamente com nossas sensações, sentimentos e emoções também ativados, ficamos mais sensíveis e atentos, passamos a filtrar e a reciclar tudo espontaneamente, digo as coisas, fatos, pessoas e acontecimentos que nos cercam ou que vem sobre nós. E é aí e com tudo isso, nesse tempo para nós que começa a hora e o tempo de vencer as dúvidas, os medos, as angústias, as incapacidades, as obsessões, neuroses, psicoses e os traumas reprimidos.

__É hora e tempo de acreditar em melhores perspectivas e probabilidades, reais e com os pés no chão, sem expectativas e ansiedades utópicas, mas teorias e práticas na e com a psique de modo mais realistas.'

'__Durante esse processo de transformação e agora também com e de mudanças, mas tudo dentro do processo lento do tempo e de si mesmo, de sua estrutura e condição, será um tempo de solidão, haverá dias de sol e sem sol, de sorrisos e de lagrimas, de luz e de escuridão, mas será o tempo necessário para si mesmo e na jornada para a descoberta de si mesmo.

__Uma autodescoberta.

__E tudo isso será necessário!

__Talvez muitos de fora não poderão entender ou compreender perfeitamente tal processo e transformação em você. Porque são interiores, são processos lentos, e podem demorar para serem exteriorizadas. E assim as pessoas de fora podem não compreender o que você está enfrentando dentro de si, como que a um gigante ou montanha que está se sacudindo em tremores internos. Quase que como terremotos interiores e pessoais vistos e sentidos apenas por você ou talvez por alguns que sabem o que é ou que estão ou já passaram por algo parecido ou semelhante.

__Esses momentos são de rejeições, isolamentos e em certos casos, insuportáveis, por isso são de solidão, lagrimas e escuridão, porque você está experimentando uma relação intima e pessoal consigo mesmo, com suas dores, marcas, traumas, condições, limitações, fracassos e perdas 'sem pilotos automáticos' e seus desativamentos sensoriais, sentimentais e emocionais.

__Não será uma autossabotagem, mas uma purificação e apuramento do melhor de si, de quem você é e quem pode ser realmente diante e durante o longo, constante e contínuo processo de transformação ou de transformações. Já que nos modos ou estados de 'pilotos automáticos' isso não pode ocorrer, porque a autossabotagem é sutil, porém, impiedosa, mas com preços alto a pagar e consequências bastante duradouras. Consequências e preços que podem se tornar irreversíveis dependendo do tempo.'

'__Então presado Ratão, esta é a hora, o tempo e o começo de agir, agir não influenciado ou motivado por mudanças bruscas e abruptas, nem por condições de 'modos ou estados de pilotos automáticos,' mas sim de agir por, com e em transformações geradas pelos processos lentos e tranquilos interiores nas autodescobertas e no autoconhecimento, geridos por uma psique autoconsciente, sensível e apurada mantendo o domínio e controle das próprias emoções, sentimentos e seus estados, não as fazendo retroceder aos antigos estados ou modos e nem se deixar cair em desesperos, ânsias e fobias que o faça cair em arrependimentos como punições e ou autopenitencias.

__Você começará a vencer os conflitos em você, dentro de você e consigo numa dialética com os outros. Quem desejar o ajudar em sua construção ou autoconstrução não o atacará nem o desprezará, mas aqueles que não o respeitarem em tal tempo e processos, processos e tempos, esses não contribuirão para sua edificação, mas sim para com tuas barreiras e dificuldades, e se caso lhe atacarem com palavras e atitudes, estes devem ser evitados e deixados à margem do teu caminho, pois ao invés de te ajudarem a se levantar, vão na verdade te espancar e te quebrar com palavras e comportamentos, e isso te destruirá. A vontade de ajudar vem espontaneamente, livremente, naturalmente, normalmente e precisamente do desejo ardente de ajudar, e não forçosamente ou por imposições diversas para alguma afirmação ou reafirmação às custas dos outros.

__Ou simplesmente estendemos a nossas mãos aos que precisam e estão nesses processos e tempos, bem como em suas buscas e autodescobertas ao simplesmente não fazemos nada. Nem mesmo o estender as mãos.

__Sendo assim, não se cobre tanto, não viva se repreendendo ou se punindo por ser lento ou se o processo estiver lento, tudo isso faz parte. Lembre-se, tudo são processos de transformações, lentas, interiores de si e em sua psique, em toda tua estrutura biopsíquica e social, e isso ocorre com todos.

__Então não exija muito de você, não se cobre tanto, não se castigue e nem se sabote, caso contrário voltará sempre a estágios iniciais.

__Não machuque mais a si mesmo, não se exija muito, mas vá por etapas e nos processos dentro do seu próprio tempo, pois exigir tudo de uma vez é autossofrimento, mas compreender e aceitar as próprias limitações é parte construtiva inicial do processo de autodescoberta e autoconhecimento.'

Bacalhau, Sabiá e Percevejo ficaram muito felizes e ao mesmo tempo emocionados com tais palavras vindas de Esculápia. Tal fato os deixou completamente emudecidos e calmos. Não mais agitados como estavam antes dela ter chegado. E a desconfiança foi diminuindo...

Após isso, Esculápia agradeceu, e passou a palavra para Ratão dar início a sua fala tão ansiada.

Ratão completamente emocionado, com lágrimas que escorriam pelos cantos dos olhos, com a voz um pouco travada pela alegria e tristeza que aquelas palavras lhe trouxeram, apenas respirava sem conseguir falar direito pelo tamanho da emoção.

Após alguns minutos de silêncio entre todos ali, e Ratão mais tranquilo pelo impacto daquelas palavras, logo as suas forças e semblante vivido foram lhe retornando.

Ratão então iniciou sua fala dizendo: '__senhoras e senhores, nobres cavaleiros e damas que me ouvem nesse sublime e excelso momento de glória...'

Foi quando Sabiá e Bacalhau gritaram: __Ah! Pare com isso, Ratão! Vamos logo, pare com essa ladainha, poxa, comece logo a falar, nós também queremos e o tempo já está passando!'

Percevejo pediu calma e paciência aos amigos, e levantando as mãos para Ratão em gestos como querendo dizer: '__menos, Ratão, menos, menos, anda, vamos...'

Ratão sorriu um pouco sem graça e pediu desculpas aos seus amigos e ouvintes.

Asclépia concentrada disse para todos: '__calma, rapazes! Calma! Vamos ter calma... __Vamos manter a calma.'

E retomando a palavra aos ouvintes, enfim começou Ratão o seu desabafo:

'__Antes de chegar aqui, eu não estava aqui, mas lá.

__E lá eu apenas me lembro de não estar em nenhum outro lugar. Mesmo que antes já estivesse em muitos. Não tenho mais ninguém me esperando, acho eu.

__Eu apenas lembro-me de um dia querer muito ter uma bicicleta, isso desde minha infância. Mas as condições não eram favoráveis.

__Aprendi a andar um pouco de bicicleta nas dos amigos que tive. Não tão bem quanto eles. Mas aprendi!

Alguém riu baixinho e disse: '__Um rato andar de bicicleta, veja se pode...'

Ratão não levou em consideração, talvez não ouviu ou fingiu não ouvir, e continuou...

__Às vezes eu ficava ansioso no dia do meu aniversário ou nos dias de Natal a espera que um dia alguém pudesse me dar uma bicicleta de presente. Ou que eu trabalhando pudesse comprar uma. Mas tudo isso foi em vão, e nada disso aconteceu.

__Primeiro porque ninguém nunca se atentou ou se preocupou em fazer isso por mim.

__Em segundo porque o que eu ganhava trabalhando, não era o suficiente para poder comprar uma bicicleta, mesmo que fosse uma usada ou aos pedaços.

__Em terceiro que ninguém da minha família existe mais, apenas eu, só eu ainda estou no mundo. E assim não posso esperar nada deles, nada mais...

__E em último, eu jamais poderia furtar ou roubar nada de ninguém, sobretudo uma bicicleta.

__Então eu tive que encarar a vida, suas decepções e compreender que nem tudo acontece de bom nessa vida, nem todos os sonhos se realizam e fundamentalmente, que a vida não é um filme de ficção ou um conto de fadas. A realidade e as relações sociais às vezes são frias, duras, perversas, conflituosas e até mesmo violentas. Não por todos, é claro, mas por parte de alguns ou grupos.

__Eu sinceramente não sei como eu vim parar aqui hoje. Pois eu só me lembro de ter saído de casa muito feliz e contente.

__Tomei um fraco e ralo café da manhã, fui para o trabalho, saí mais cedo e cheguei em casa por volta das 16horas, aproximadamente. Recebi uma notícia que me deixou muito entusiasmado, vibrante e fui tomar um rápido banho para sair apressadamente rumo a algum lugar.

__Sendo assim, quando me despedi de alguns amigos e vizinhos, já era aproximadamente umas 17horas. Eu brinquei com meu cão e meu gato, bebi um pouco de água na mangueira da entrada do quintal da casa. Lavei as mãos, olhei para os céus que estavam azuis, e disse: __obrigado!

__Fui até o ponto de ônibus, um pouco distante da minha casa, esperei o coletivo por quase uma hora. Isso já deveria ser mais de 18horas.

__E então eu não me lembro de mais nada!

__Absolutamente nada!

__Eu apenas ouvi uma pessoa espirrando, e estalando os dedos, quase igual ao que Esculápia fez, isso quando entrou aqui e quando nos fez parar de gritar e discutir. Vocês lembram disso?'

__Sim, sim, sim, nós lembramos, responderam atentamente e curiosos, Bacalhau, Sabiá e Percevejo, ambos fixos em Ratão, com olhares, corpos e mentes voltados para ele e em total atenção ao mesmo.

Eles olharam também para Esculápia que não se intimidou com aquela frase, palavras ou qualquer insinuação. Ela permaneceu atenta a Ratão como os demais ouvintes, mesmo eles olhando para ela estranhamente por alguns momentos após tais falas de Ratão.

E continuou Ratão: '__Com isso, após ouvir aquele espirro e um certo estalar de dedos, alguém calmamente dizia um nome aos meus ouvidos: __Alberto, Alberto, Alberto, você está bem? __Alberto, Alberto você me ouve, você consegue me ouvir, Alberto?' '__Mas que diabos é ou era isso?' '__Eu não entendi nada! __Eu não compreendi nada! __Que raios e diabos de Alberto era ou é esse? __Quem é esse cão que vem me assombrando desde lá até eu chegar exatamente aqui? Já que só lembro disso o dia todo!'

E neste exato momento vozes sussurravam na cabeça e ouvidos de Ratão: '__É tudo culpa sua! Você deveria ter feito o que eu disse... __Não era para você dizer aqui! __Vaga, venha aqui! Agora, anda logo Vaga! __Socorro!'

Enquanto Ratão se sentia tonto e com a cabeça zonza e como que rodopiando as vozes continuavam em suas várias falas: '__Todos vão saber disso... __Você poderia ter... __Não adianta! Vaga! Vaga, Vaga, Vaga, Vaga! Vaga... Sai daí, corre! Corre! Agora, vai! Alberto! Alberto, cadê você Alberto?! Ratão não vá, fique aí quietinho... Vaga saia daí, não, não! Socorrooo, socorrooo, socorro! Não faz...'

'__Vaga! Vaga, Alberto! Alberto, cuidado, cuidado, Alberto, não deixe que... Vitória! Sim, é ela. Vai ver que outro! Não, não eu sonhei que... Mas porque você fez isso?! Vitória, Vitória, Vitória, Vitóriaaa! É vitória! Eu venci! Eu venci, você viu, viu isso?! Você não pode! Você não vai conseguir! Você não vai, você não pode... Não adianta! Vitória! Vitória, Vitória... Alberto, entre aí, não, não vá para lá, Alberto! Vaga, não! Não Vagaaa! Calma, calma, não precisa se... Vitória! Alberto, Vaga! Alberto, Vaga, Vitória! Albertooo... Vaga... Vaga... Vitória... Eu venci! Eu... Você viu?! Eu... Venci.. Por que você me deixou aqui? Não, não!'

'__Ainda dá tempo! Dá? Ainda dá?! Dá tempo?! Vai ser... Quem está aí? É você? É você mesmo? Tudo vai ficar bem, não se preocupe... Há tempo ainda?! Alberto? Não foi culpa minha! Vitória, Vitória! Eu consegui, mas não...'

Foi quando nesse exato momento Esculápia interrompeu toda aquela situação, e em que todos ali se encontravam, inclusive Ratão naquele estranho momento, e tão logo disse alguma coisa, exatamente conforme Ratão mencionara, e conforme ela fizera anteriormente quando fez a todos se calarem na discussão que se encontravam quando ela os encontrou.

Ela não apenas disse algo, mas uma palavra, uma frase ou um grito como '__*Panta Rhei*,' isso como uma espécie de mantra, bordão, jargão ou frase de efeito, como também estalou os dedos por pelo menos umas cinco vezes. E repetidamente Asclépia dizia em tom de pergunta: '__Alberto, Alberto, Alberto, você me ouve, Alberto!?'

Nesse exato momento Bacalhau foi desaparecendo instantaneamente, assim como Sabiá, em seguida Esculápia, e por fim Ratão. E todo aquele lugar desapareceu instantaneamente, inclusive a grande e bela árvore dos sonhos e das ilusões. Tudo e todos sumiram dali e de todos os lugares que nossas mentes possam tentar imaginar. O último a desaparecer foi Ratão.

E o que permaneceu era apenas uma voz chamando e dizendo ou perguntando: '__Alberto, Alberto, você está bem, Alberto? Você me ouve, Alberto?'

Então, eis que surge uma enorme sala, perfumada, com um forte odor de perfume de eucalipto, cheia de moveis organizados e limpos, alguns bastante brilhosos. Um grande tapete peludo e vermelho estendido ao chão da sala, e vários belos quadros com lindas paisagens pendurados nas paredes daquele cômodo, e naquele lugar se encontra ali deitado, e com uma forte luz luminosa em direção aos olhos de nada mais, nada menos do que, Percevejo.

E percevejo ouve uma pessoa, com um tom um tanto feminino, perfumada e com uma voz calma e serena que dizendo, '__Alberto, você está bem? __Como você está se sentindo, Alberto?'

Percevejo não entendendo absolutamente nada do que acontecia, pois estava meio zonzo, atordoado e como que embriagado ou entorpecido, apenas resmungava e balbuciava algumas coisas e palavras, porém, nada compreensível.

Foi quando Percevejo mesmo muito tonto e zonzo, tentou olhar para os lados e ver o que estava acontecendo, onde estava e com quem estava ali, inclusive quem chamava aquele nome: '__Alberto, Alberto, você está bem, Alberto?'

Percevejo fechou os olhos e não mais os abriu!

Essas foram as palavras da Dra. Luz, psicoterapeuta de Alberto, que contou todo esse relato após a sua última consulta e análise, sob uma espécie de transe ou hipnose antes da fatalidade que ocorreu dois dias após todos esses eventos, experiências e relatos entre Alberto e Luz. Já que Alberto fazia sessões de psicoterapia para tratar inúmeros transtornos e traumas que marcaram a sua vida, infância e juventude. Duante alguns anos de tratamento, Alberto obteve bons resultados e avanços significativos no e durante o seu tratamento.

E um dia após esse momento catártico, Alberto foi para casa, e recebeu uma notícia muito boa e que o deixou muito contente e feliz, pois ele havia ganhado uma bicicleta, um sonho desde a infância, e que se realizara agora com seus 24 anos de idade, já que trabalhando como servente de obras, o patão sensibilizado por sua história de vida, lhe deu uma das bicicletas de um de seus dois filhos, e assim pediu para Alberto pegar no dia seguinte, pois nem precisava trabalhar no referido dia.

Entretanto, Alberto muito responsável, comprometido com suas responsabilidades, e com aquele desejo enorme desde a infância, já que a bicicleta também trazia a memória, lembranças de sua irmã desaparecida desde pequenos.

Sendo assim, Alberto foi trabalhar normalmente, saiu mais cedo do trabalho, foi para casa, fez um rápido lanche, falou e cumprimentou os amigos e vizinhos, bebeu água na mangueira do quintal da casa, brincou com seu cão e seu gato, foi para o ponto do ônibus e ficou aguardando por mais ou quase uma hora. Isso era já mais de 18horas.

Alberto pegou a tão sonhada e esperada bicicleta, agradeceu ao seu patrão, se despediu dos amigos de trabalho e do mestre de obras, e assim seguiu para sua casa, alegre, contente e com sua tão sonhada bicicleta. Ao montar sobre a bicicleta, um dos amigos de Alberto disse: '__Tome cuidado, viu Alberto, porque você está longe de casa e já é noite, são mais de 19horas.'

Alberto subiu sobre a bicicleta e lagrimas rolaram de seus olhos, tanto de um homem de 24 anos de idade como de uma criança.

Seu amigo então se despediu pela última vez é disse: __Adeus, Ratão!

Foi assim que Alberto, ou Ratão ou Percevejo, foi atropelado por um ônibus em alta velocidade quando voltava para casa em sua nova bicicleta, cantando e chorando: "__se algum dia na vida, você de mim precisar, saiba que sou teu amigo, pode comigo contar. O mundo dá muitas voltas, a gente vai se encontrar, quero nas voltas da vida, a tua mão apertar."

Alberto foi jogado a vários metros de distância, onde seu franzino corpo caiu debaixo de uma enorme, grande e velha árvore. Cheia de flores e folhas verdinhas, e ambas, árvore, folhas e flores estavam molhadas pelo orvalho da noite e cheiravam a perfumes como os das flores damas da meia-noite.

Ali caiu Alberto e seu corpo, aos pés da grande, bela e velha árvore dos sonhos, das ilusões e das memorias. Alberto, vulgo Ratão, também Percevejo, Bacalhau e Sabiá, morreu instantaneamente por várias lesões, deixando uma filha que ainda iria nascer. E que com grande alegria Alberto aguardava ansiosamente por seu nascimento, no qual seu nome seria Vitória.

Ele escolheu esse nome, Vitória, em homenagem a sua filha como uma vitória ou conquista particular e pessoal para ele, sendo ela uma família e o prolongamento de suas raízes, já que ela seria o raio de sol e de esperança para sua vida, inclusive Vitória também como um símbolo por causa de tudo o que ele havia conseguido superar e vencer até aquele momento de sua vida, bem como em saber que teria uma filha. Já que além de não ter tido uma família, a única coisa que ele se lembrava vagamente eram de dois nomes: Raimundo e Francisca. Apenas isso, e mais nada...

Portanto, Vitória seria o nome de sua amada filha que estava para nascer.

Mas que ele sempre muito ansioso, queria voltar rapidamente em reaprender a andar bem de bicicleta para um dia andar com sua filha, e com ela passear e fazer tudo aquilo que ele não teve e nem pôde ter na infância.

E ali caiu e ficou Alberto Ratão, Ratão Alberto...

Seu corpo só foi encontrado após as quatro horas da manhã, pois os bombeiros não o encontraram tanto por ser noite, um lugar escuro e deserto, uma rodovia e onde ninguém viu o acidente. Apenas através e por meio das buscas pela manhã, lá estava ele, deitado como que dormindo, Alberto, Ratão, molhado pelo orvalho da noite, perfumado pelas folhas, flores e velha, bela e deslumbrante árvore das memórias, ilusões, lembranças e sonhos. E nos olhos de Alberto, foi encontrado pela perícia e autopsia, um resquício de lagrimas que escorreram de seus olhos tão cansados, mas que pareciam estarem felizes. Conforme exames e laudos.

__Andei por muitos lugares, passei por muitas dificuldades, problemas, obstáculos e situações difíceis, algumas muito humilhantes, desumanas, degradantes e até mesmo indignas, que abalam nossa dignidade, mas eis que eu estou aqui, e venci, e foi após percorrer muitos caminhos que encontrei o meu próprio, chegando neste lugar e encontrando uma triste, lamentável e dolorosa notícia para mim e meu machucado coração. __Sim, aqui estou, e foi assim que eu soube e descobri como meu nobre, digno, honrado e batalhador irmão falecera, isso há alguns poucos anos atrás. __Meu nome e sobrenome são: Vaga Encontrada Vitoriosa.

__Preciso ir...

__Meus dois filhos, Raimundo e Francisco me aguardam sozinhos em casa.

Em memória...

'*A Ressignificação das marcas da vida são chaves poderosas.*'

E se tudo for apenas uma grande fantasia?!

Ou 'uma tragédia' com fantasias...?!

E se realmente quase tudo aconteceu!?

Faz alguma diferença para você?

Ratão, Assediada e Perdida querem falar.

Eles quem nos falar...

i - Letra e composição de: Pe. Élio da Silva Athayde.